ATLAS
DO CORPO HUMANO
ESCOLAR

A adaptação dos seres

A teoria da evolução de Charles Darwin foi um grande salto da ciência para entendermos como o ser humano surgiu na Terra. Darwin levou a vida inteira para publicá-la no seu livro "A origem das espécies", de 1859.

O que é evolução?

A evolução é o processo de transformação pelo qual passam os seres vivos. Através dos achados fósseis, a ciência constatou que de tempos em tempos novas espécies surgiam e outras entravam em extinção. Esse processo de explosão de vida e de extinção vem acontecendo desde que a vida surgiu na Terra.

Como tudo começou?

As condições primordiais para o surgimento da vida (aminoácidos) estavam presentes na formação da Terra. Esses elementos combinaram-se em certa dose e, como o planeta era agitado no seu início, as primeiras substâncias orgânicas que se reproduziram aconteceram ao acaso. Muitos eventos podem ter ajudado nessa combinação, como erupções vulcânicas, queda constante de meteoros, descargas elétricas emitidas por raios etc. A hipótese mais aceita pelos cientistas atualmente é que milhões de anos após a formação da Terra surgiu o ARN (ácido ribonucleico – que ainda constitui vários vírus de hoje) e o ADN (ácido desoxirribonucleico – principal meio de duplicação dos seres vivos).

O homo sapiens

Há 65 milhões de anos os dinossauros entraram em extinção e o domínio do planeta ficou a cargo dos animais mamíferos. Os mamíferos não tinham predadores à sua altura, o que resultou em completo sucesso. Achados arqueológicos dão conta de que o homo sapiens está na Terra há 195 mil anos. Isso é muito pouco, se considerarmos que os dinossauros dominaram por cerca de 160 milhões de anos. Então, em escala geológica, conquistamos a consciência e o domínio completo no planeta rapidamente, num surto evolutivo espetacular.

O corpo humano e a inteligência

A humanidade evoluiu e adquiriu este corpo há 195 mil anos, por assim dizer, através da evolução e da adaptação de seus ancestrais. Não podemos afirmar, entretanto, que este formato seja definitivo, pois não há como prever novas mutações.

Mas como afirmar se somos realmente uma espécie de sucesso? Como saber se a inteligência, o conhecimento, é na verdade uma evolução?

Sem dúvida, essas perguntas são para os filósofos. Mas em poucas palavras, o ser humano conseguiu sobreviver dentre outros animais e se reproduz de forma satisfatória pelo mundo, esta é uma forma de ver o sucesso da espécie. Outra forma é ver como ela garante a sua sustentabilidade, como consegue se preservar para que continue dominando o ambiente onde vive. Nessa perspectiva, independente de haver inteligência ou não, sem dúvida podemos afirmar que somos uma espécie de extremo sucesso.

A Escalada do Ser Humano

A Escalada do Ser Humano

Levando-se em conta as datações dos achados arqueológicos, o tempo de vida da espécie homo sapiens é apenas uma milésima parte de toda a vida na Terra. Por isso, pode-se dizer com tranquilidade que, em comparação a outras espécies dominantes no planeta, a humanidade ainda é muito jovem. Isso poderia significar que estamos apenas no início da nossa própria evolução.

Explosão demográfica

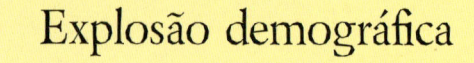

O constante desenvolvimento nas ciências, principalmente na medicina, e o aprimoramento da agricultura são fatores que melhoraram a saúde dos seres humanos, propiciando o aumento da expectativa de vida. Mas justamente estes fatores benéficos ocasionam a explosão demográfica que vivemos hoje. O salto no número de habitantes, nos últimos anos, provocou a primeira importante mudança comportamental de toda a História da humanidade: a redução do número de filhos por casal. Na China, por exemplo, casais que possuem mais de um filho são penalizados pelo Estado, e nas classes médias dos EUA e da Europa não é comum casais terem mais que dois filhos. É importante ressaltar que muitos comportamentos são motivados por fatores externos, como neste caso, onde a economia é determinante. Mas poderia ser por guerras, escassez de alimentos etc. Porém, a constatação é que a decisão de não se ter mais que dois filhos, por exemplo, é puramente intelectual e não visa somente à simples sobrevivência, e sim o bem--estar da população para os anos futuros.

Engenharia genética

Entra em cena outra vantagem produzida pelo conhecimento humano, a engenharia genética. Se com a superpopulação a humanidade corre riscos de surtos de doenças, por outro lado a engenharia genética está identificando cada componente genético com o intuito de no futuro erradicar essas doenças.

O Projeto Genoma Humano completou no ano 2000 o sequenciamento (mapeamento) de todos os genes humanos, e torna cada vez mais próxima a cura de doenças que atingem a maioria da população, como as cardiovasculares, câncer de mama e ovário, hipertensão etc.

A engenharia genética se aplica também a plantas e animais, ainda que haja controvérsias nessas aplicações. Atualmente, estuda-se reduzir o impacto da agricultura e da agropecuária ao meio ambiente, substituindo agrotóxicos por biopesticidas ou genes que tornam plantas imunes a pragas sem nenhum uso de pesticidas.

Uma grande descoberta da genética é a célula-tronco. Essas células são capazes de constituir diferentes tecidos no organismo, também podem se autorreplicar, ou seja, fazer uma cópia idêntica de si mesmas. Elas poderão ser alternativas para substituir tecidos lesionados, poderão levar à cura do mal de Alzheimer, de Parkinson e doenças neuromusculares em geral, inclusive deficiências do organismo como no caso do diabetes.

Como toda revolução, críticas são feitas às possibilidades da engenharia genética por causa de fatores éticos. A mais polêmica de todas é a clonagem, pois se trata de criar uma vida exatamente igual de quem se retirou o material genético. Mas os estudos estão só começando e os cientistas são enfáticos ao negar que a engenharia genética seja um perigo. Ao contrário, o desenvolvimento dessa ciência irá beneficiar o ser humano em muitos aspectos, especialmente na saúde e bem-estar.

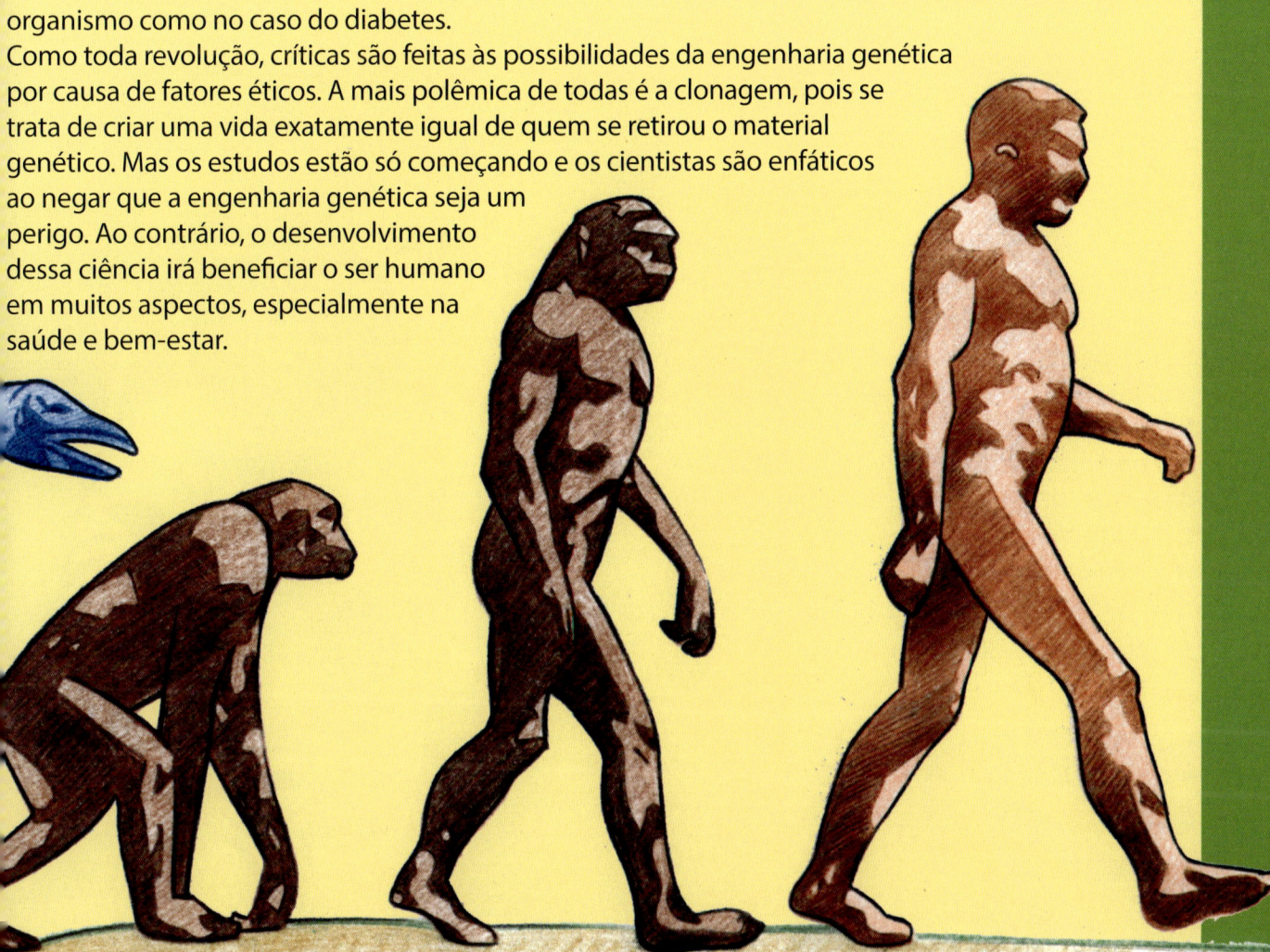

Genialidade e conhecimento

As habilidades humanas não teriam limites em criar e recriar o ambiente propício para a sua existência, mesmo quando o próprio ser poderia estar incapacitado para a vida normal.

As condições físicas (sensoriais e motoras) do ser humano nestes milhões de anos forjaram o espírito criador. Cada vez deixamos mais conhecimentos às gerações futuras, o que é uma vantagem inimaginável. Antigamente, antes da invenção da escrita, era a cultura oral que passava de boca em boca, hoje são mecanismos de arquivamento de dados que estão em constante aprimoramento para guardar as incríveis descobertas e os novos conhecimentos.

Mas como será o futuro da nossa evolução? Evidentemente, é um mito afirmar que o cérebro humano um dia vá aumentar, que os cabelos vão cair e os músculos atrofiar, devido à evidente necessidade de informações e óbvia vida sedentária que o tempo de aprendizagem exigirá para a preparação da vida intelectual. O que se pode afirmar sem erro é que, como se tem feito nos últimos milhares de anos, a humanidade continuará dando respostas às novas crises que surgirem, esperando que se aprenda com cada nova exigência.

Nossa visão de mundo

Na natureza, cada ser vivo possui algum sentido (sensação) para poder reagir e sobreviver ao meio que lhe proporciona a vida. Muitas espécies encontram seus alimentos e se defendem dos predadores usando os sentidos e, dessa forma, resistem para deixar descendentes.

O mesmo acontece conosco. Ao longo de milhões de anos, desenvolvemos sentidos capazes de perceber as sutilezas, as alterações no meio ambiente. Por exemplo, a visão. Os seres humanos enxergam bem e distinguem uma grande variedade de cores, mas também podem ver em três dimensões, uma adaptação evolutiva que poucos animais adquiriram.

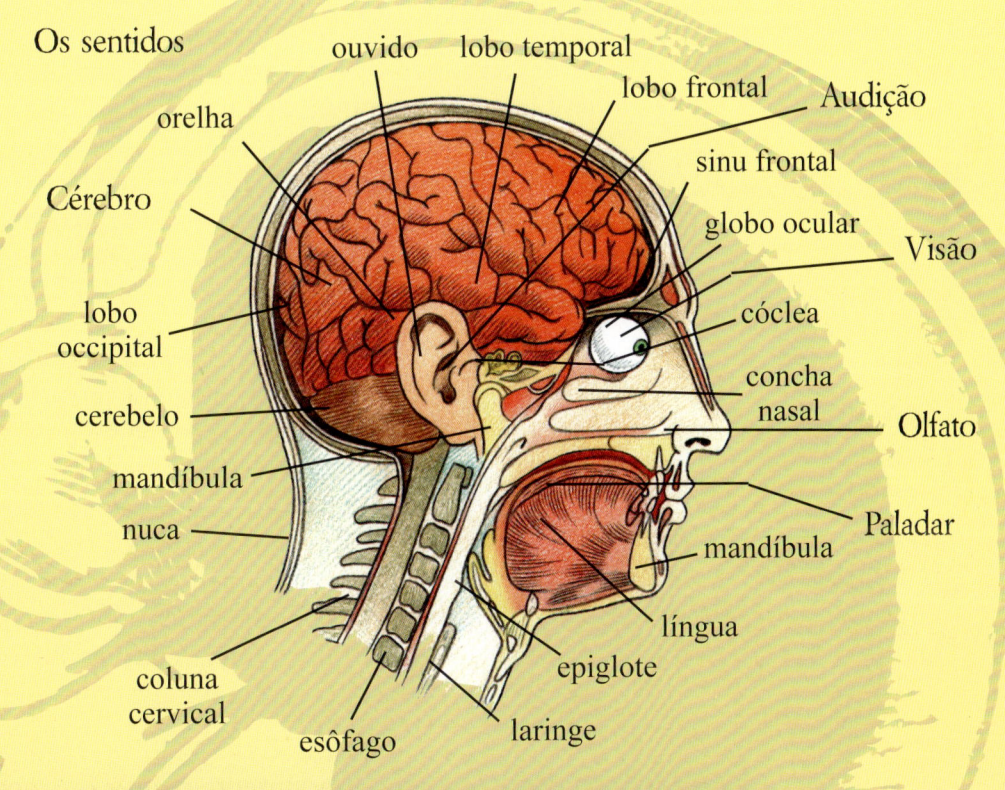

Os sentidos: ouvido, orelha, Cérebro, lobo temporal, lobo frontal, Audição, sinu frontal, globo ocular, Visão, cóclea, concha nasal, Olfato, Paladar, mandíbula, língua, epiglote, laringe, esôfago, coluna cervical, nuca, mandíbula, cerebelo, lobo occipital

RECEPTORES DE SUPERFÍCIE	SENSAÇÃO PERCEBIDA
Receptores de Krause	Frio
Receptores de Ruffini	Calor
Discos de Merkel	Tato e pressão
Receptores de Vater-Pacini	Pressão
Receptores de Meissner	Tato
Terminações nervosas livres	Principalmente dor

Você percebe as coisas ao seu redor usando os sentidos: a audição, a visão, o paladar, o tato e o olfato. É através deles que você ouve, vê, sente gosto, cheira, toca, sente calor ou frio, dor ou prazer.

Nossa visão de mundo

Mesmo assim, nossa visão não é a mais apurada do reino animal. Os gatos enxergam no escuro e as águias podem ver uma presa a mais de mil metros. Os morcegos desenvolveram o sonar e, por isso, eles podem se deslocar com rapidez, dentro de cavernas sem nenhuma luz.

O mesmo acontece com o olfato. Podemos saber que o alimento está ou não estragado, reconhecemos os cheiros de nossos corpos, mas o farejar de um cão é muitíssimo melhor. Os cães também desenvolveram a audição, escutando frequências que não podemos ouvir. Elefantes podem se comunicar uns com os outros sem que consigamos detectar seus sons.

Nem na gustação e no tato parece que somos imbatíveis. Embora nossa pele possua uma sensibilidade extremamente desenvolvida, os bigodes dos felinos e a língua das cobras nos ganham.

Como podemos ver, se separados, nossos sentidos não são tão desenvolvidos a ponto de ganhar do resto dos seres vivos. Mas todos eles juntos são capazes de nos dar uma percepção do ambiente que nenhum outro animal é capaz de sentir. Tudo porque conseguimos reter informações em nossos cérebros para analisá-las. Com isso, somos capazes de construir estratégias de ataque e defesa com vantagens extraordinárias.

Dominamos tão completamente o espaço ao nosso redor que, hoje em dia, os animais predadores não são mais a nossa maior preocupação. O que mais nos importa agora é a vida em sociedade. Nossos sentidos estão voltados quase que exclusivamente para esses problemas. São eles também que nos orientam nos conflitos, quando construímos novas culturas, novos conceitos sobre nós e o meio ambiente que ocupamos.

Mas, fundamentalmente, os cinco sentidos existem para a nossa sobrevivência. A inteligência, que é um processo evolutivo complexo e altamente dependente dos cinco sentidos, produziu uma cultura desenvolvida e tecnológica. Porém, descobrimos que nossas atitudes predatórias estão destruindo o meio ambiente, este mesmo que nos deu a vida. É razoável e imprescindível que tomemos atitudes em favor da Terra e da nossa sobrevivência.

Os Sentidos

São os cinco sentidos que transmitem ao cérebro as sensações do mundo que nos rodeia. Através dessas sensações é que podemos ver, ouvir, sentir o cheiro, o paladar e se as coisas são quentes, frias, ásperas ou lisas.
Através dos cinco sentidos e das experiências acumuladas no cérebro é que formamos uma opinião sobre as coisas, se elas nos agradam ou nos desagradam.

Visão

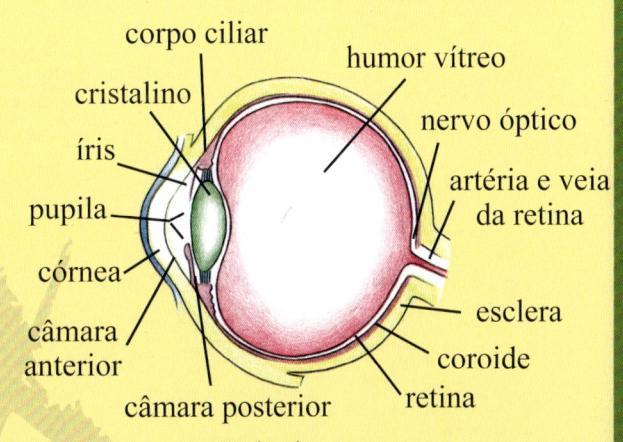

- corpo ciliar
- cristalino
- íris
- pupila
- córnea
- câmara anterior
- câmara posterior
- humor vítreo
- nervo óptico
- artéria e veia da retina
- esclera
- coroide
- retina

Tato

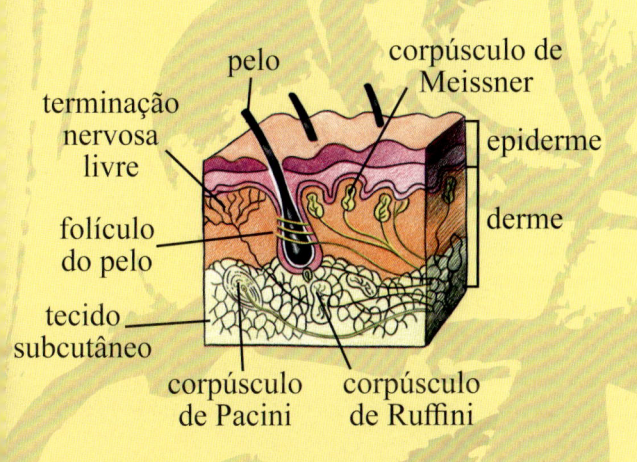

- pelo
- corpúsculo de Meissner
- terminação nervosa livre
- folículo do pelo
- tecido subcutâneo
- epiderme
- derme
- corpúsculo de Pacini
- corpúsculo de Ruffini

Paladar

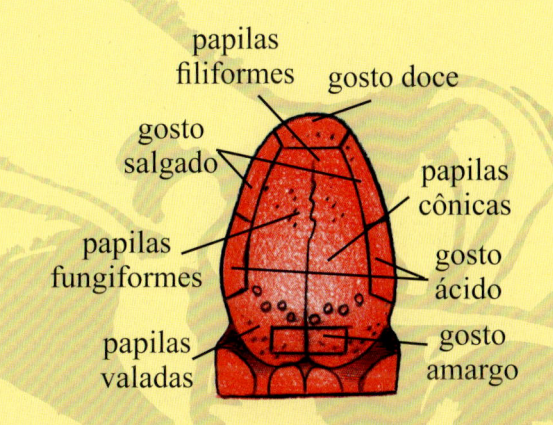

- papilas filiformes
- gosto doce
- gosto salgado
- papilas cônicas
- papilas fungiformes
- gosto ácido
- papilas valadas
- gosto amargo

Olfato

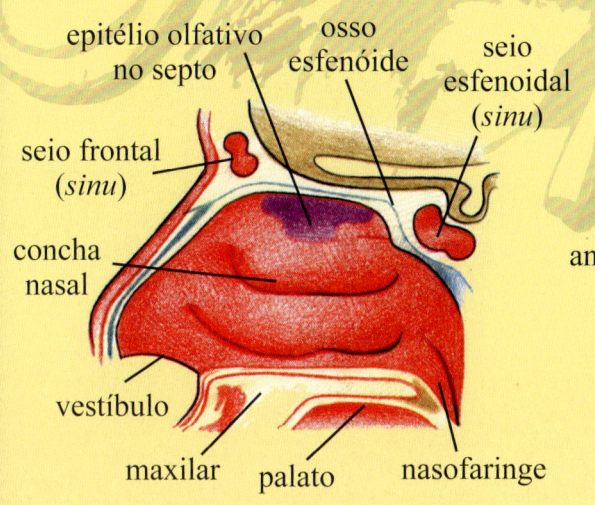

- epitélio olfativo no septo
- osso esfenóide
- seio esfenoidal (*sinu*)
- seio frontal (*sinu*)
- concha nasal
- vestíbulo
- maxilar
- palato
- nasofaringe

Audição

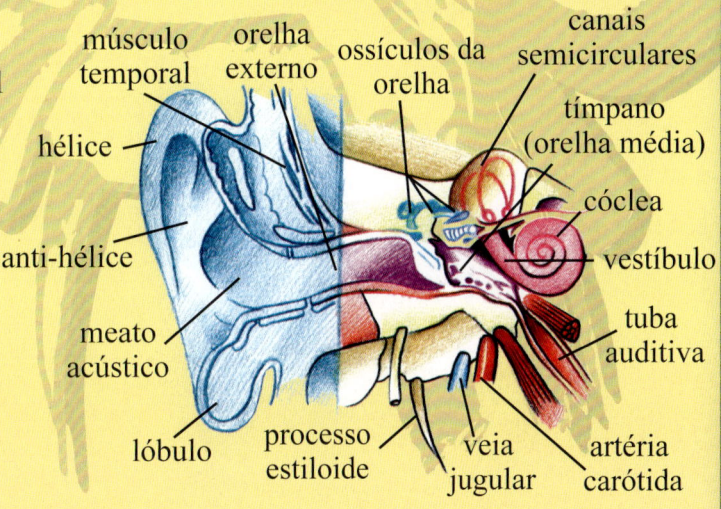

- músculo temporal
- orelha externo
- ossículos da orelha
- canais semicirculares
- hélice
- tímpano (orelha média)
- anti-hélice
- cóclea
- vestíbulo
- meato acústico
- tuba auditiva
- lóbulo
- processo estiloide
- veia jugular
- artéria carótida

Sistema Digestório

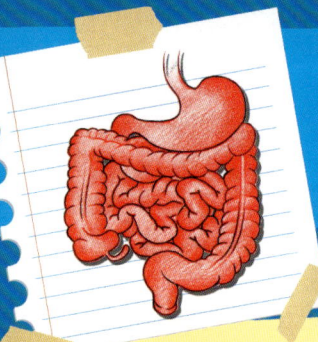

A digestão começa ainda na boca, onde os dentes trituram, enquanto a língua e a saliva misturam os alimentos. Em seguida, os alimentos são engolidos, passam pelo esôfago e vão para o estômago, onde o suco gástrico prepara o bolo alimentar para ir aos intestinos. A absorção dos nutrientes ocorre em grande parte no intestino delgado, onde o suco pancreático e a bile agem sobre os alimentos. Finalmente, já com todos os nutrientes absorvidos, o bolo vai para o intestino grosso, onde é eliminado através do ânus.

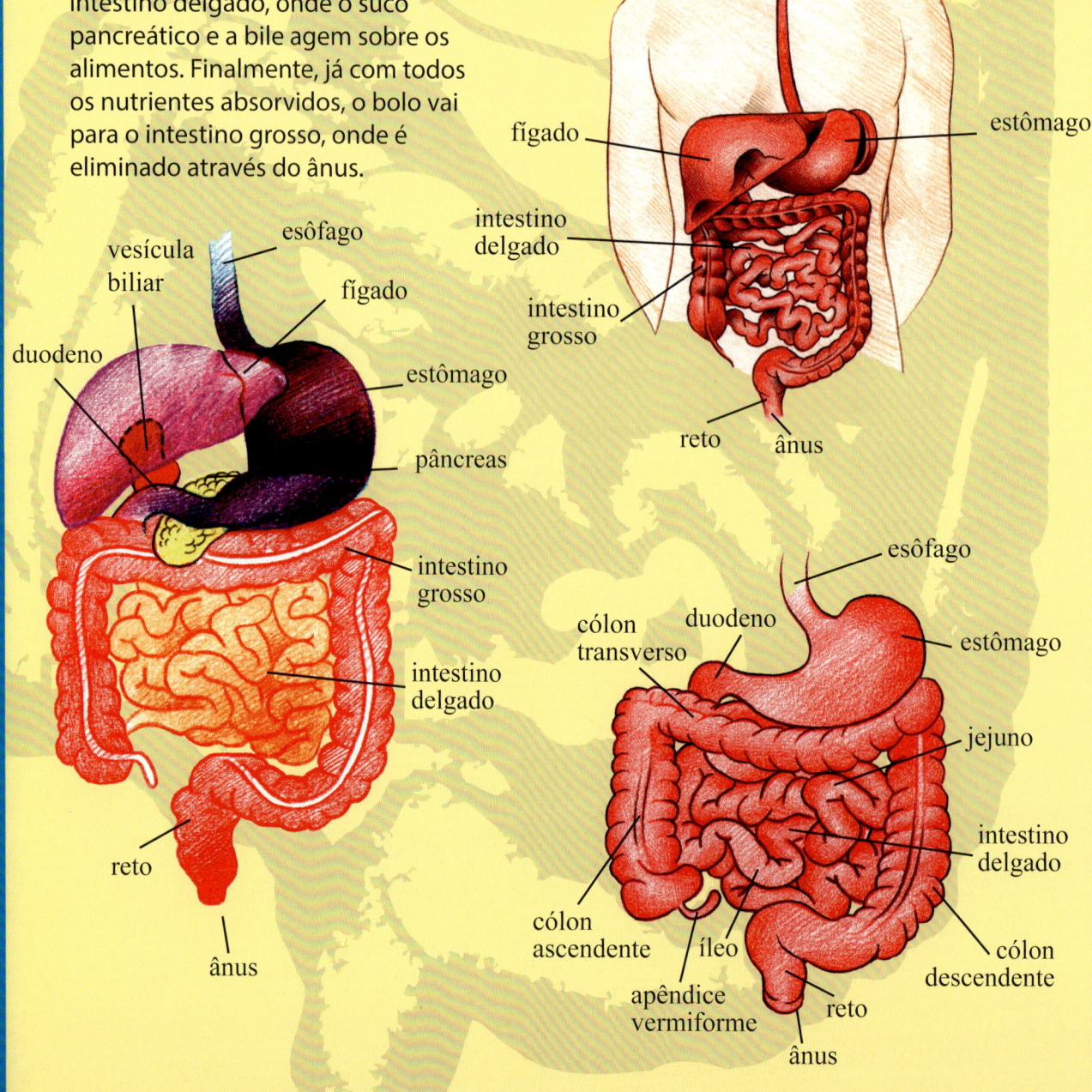

Sistema Respiratório

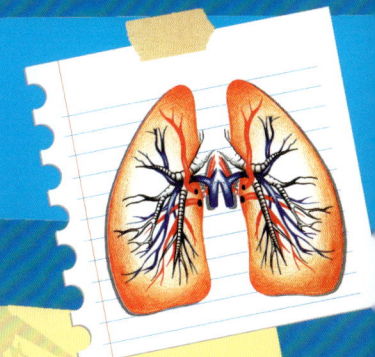

O Sistema Respiratório compreende a boca, as fossas nasais, a faringe, a laringe e a traqueia. A traqueia se dividide em dois brônquios que penetram nos pulmões, um em cada lado.
Os brônquios conduzem o ar aos alvéolos pulmonares. Nesses alvéolos ocorrem as trocas gasosas com o sangue, que é trazido pela artéria pulmonar e retorna por uma veia pulmonar. Portanto, a função respiratória, propriamente dita, é feita pelos pulmões.

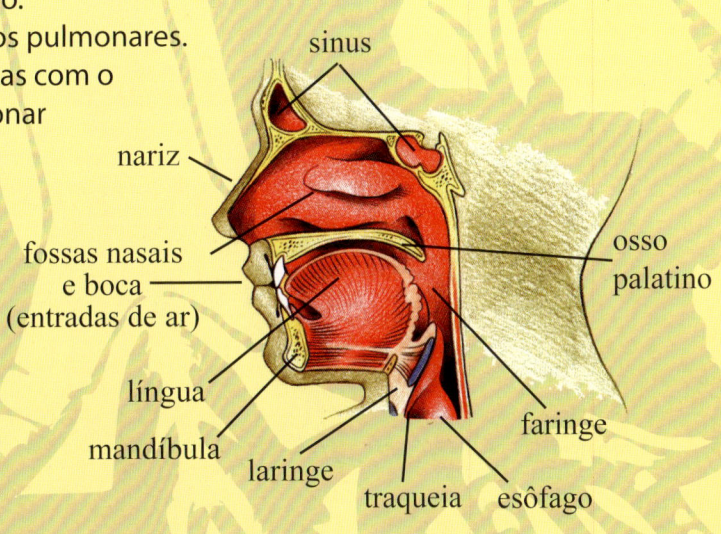

Cordas vocais na laringe

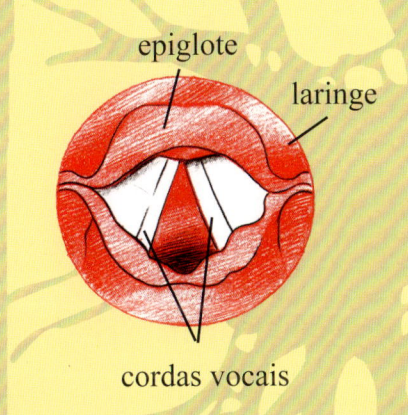

Diafragma

O diafragma é o músculo responsável pelo movimento constante dos pulmões, juntamente com os músculos das costelas, permitindo a entrada e a saída de ar. Está localizado na base dos pulmões, acima do abdome. Ao expandir-se, acontece a inspiração (o ar é sugado através das narinas e da boca). Ao contrair-se, acontece a expiração (o ar é expulso dos pulmões, eliminando o gás carbônico).

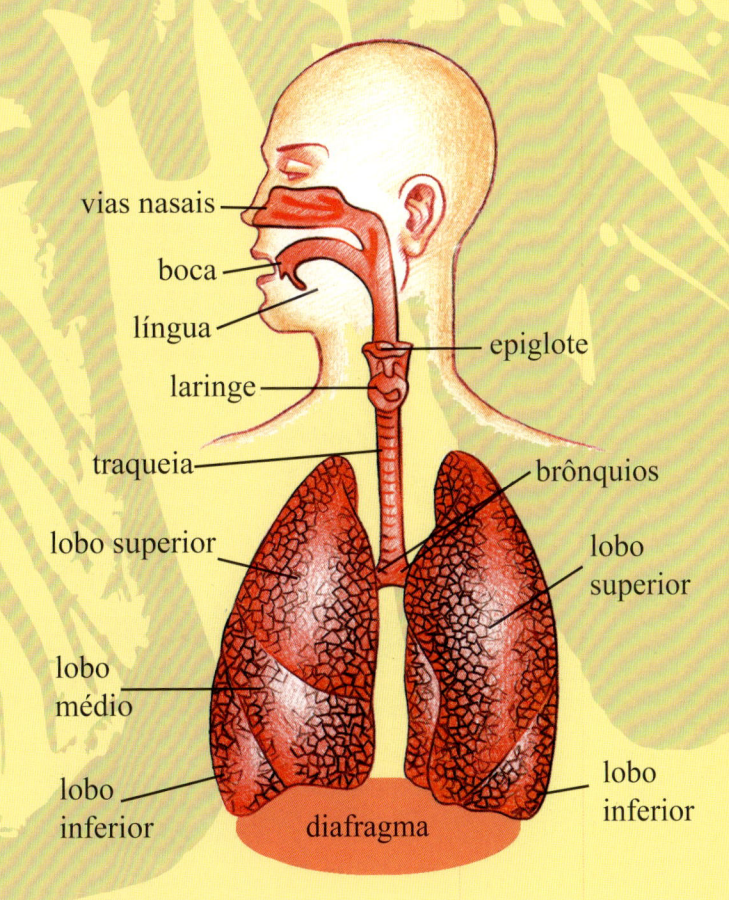

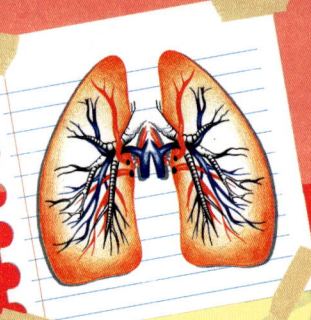

Sistema Respiratório

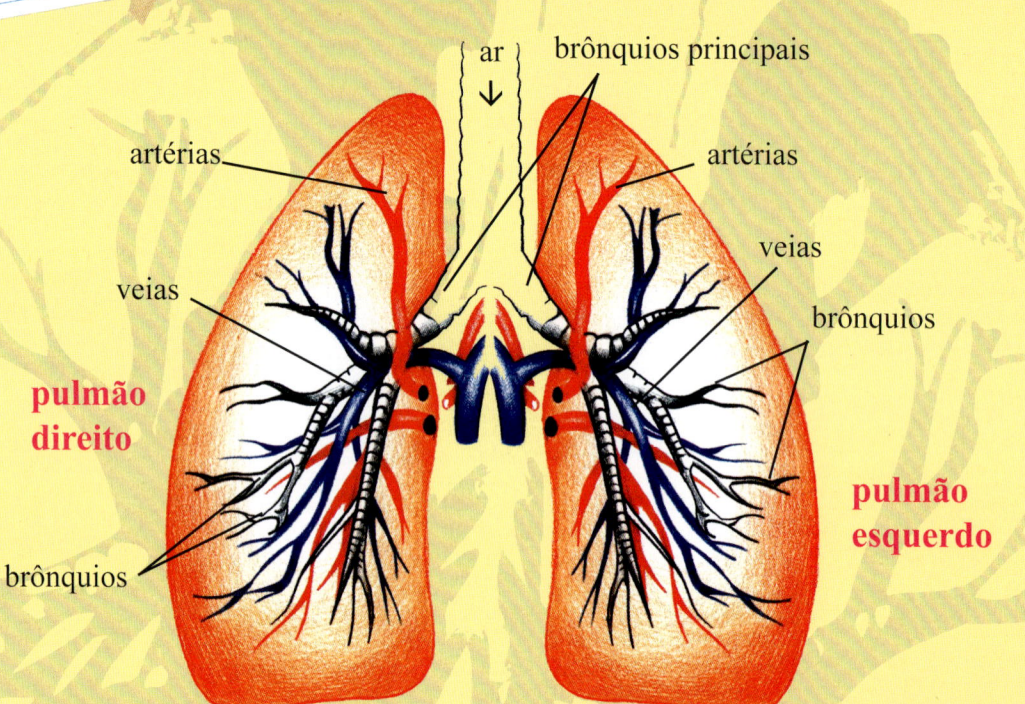

ar

brônquios principais

artérias

artérias

veias

veias

brônquios

pulmão direito

pulmão esquerdo

brônquios

A figura esquemática dá a importância do pulmão e do coração para a circulação sanguínea.

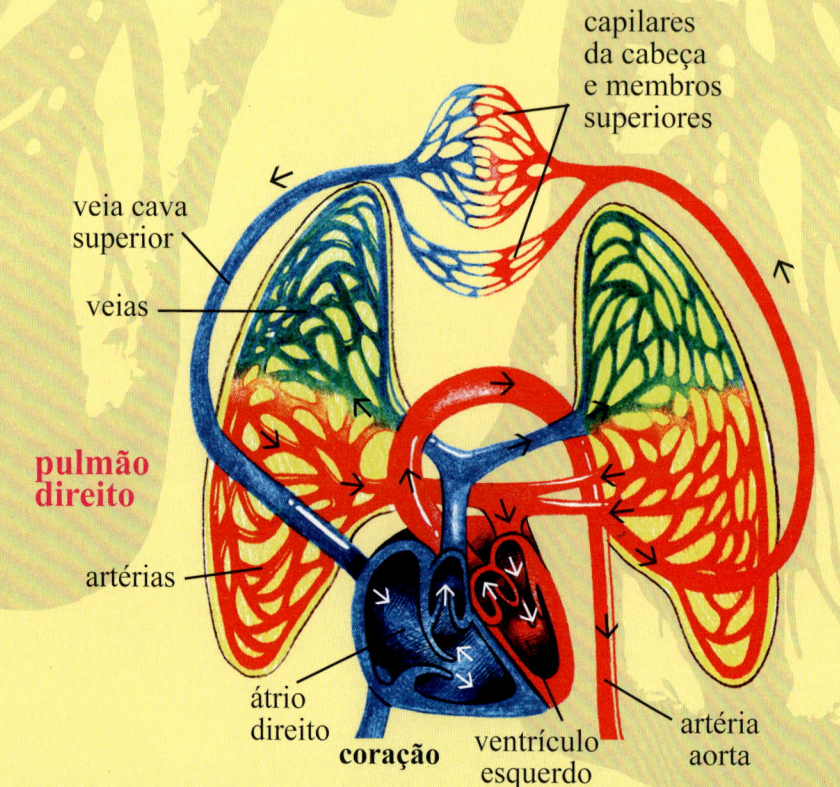

capilares da cabeça e membros superiores

veia cava superior

veias

pulmão direito

pulmão esquerdo

artérias

átrio direito

coração

ventrículo esquerdo

artéria aorta

Sistema Circulatório

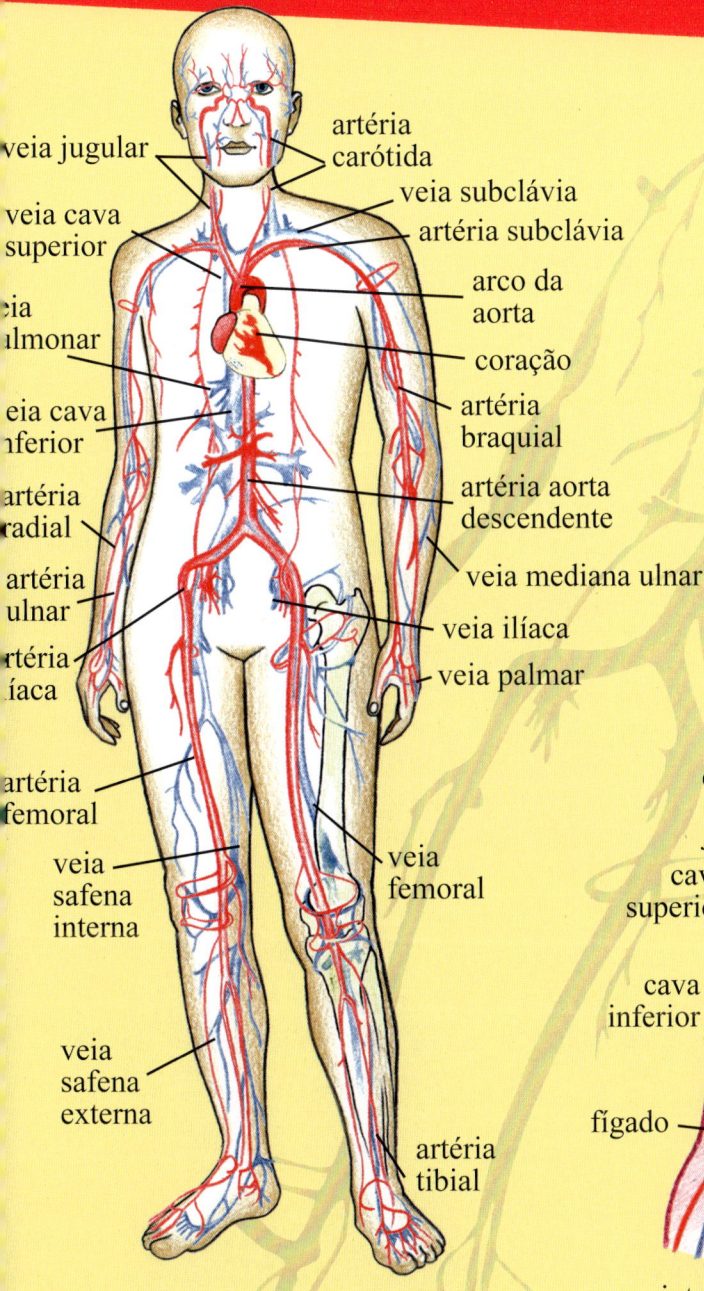

veia jugular

artéria carótida

veia cava superior

veia subclávia

artéria subclávia

veia pulmonar

arco da aorta

veia cava inferior

coração

artéria braquial

artéria radial

artéria aorta descendente

artéria ulnar

veia mediana ulnar

artéria ilíaca

veia ilíaca

veia palmar

artéria femoral

veia safena interna

veia femoral

veia safena externa

artéria tibial

O Sistema Circulatório é um sistema composto de artérias e veias, pelas quais corre o sangue arterial e o venoso bombeados pelo coração. O sangue arterial é responsável principalmente pelo fornecimento de oxigênio, substâncias nutritivas e hormônios aos tecidos do corpo. O sangue venoso transporta os produtos finais do metabolismo, como o CO_2 excretado e ureia, até os órgãos responsáveis por sua eliminação.

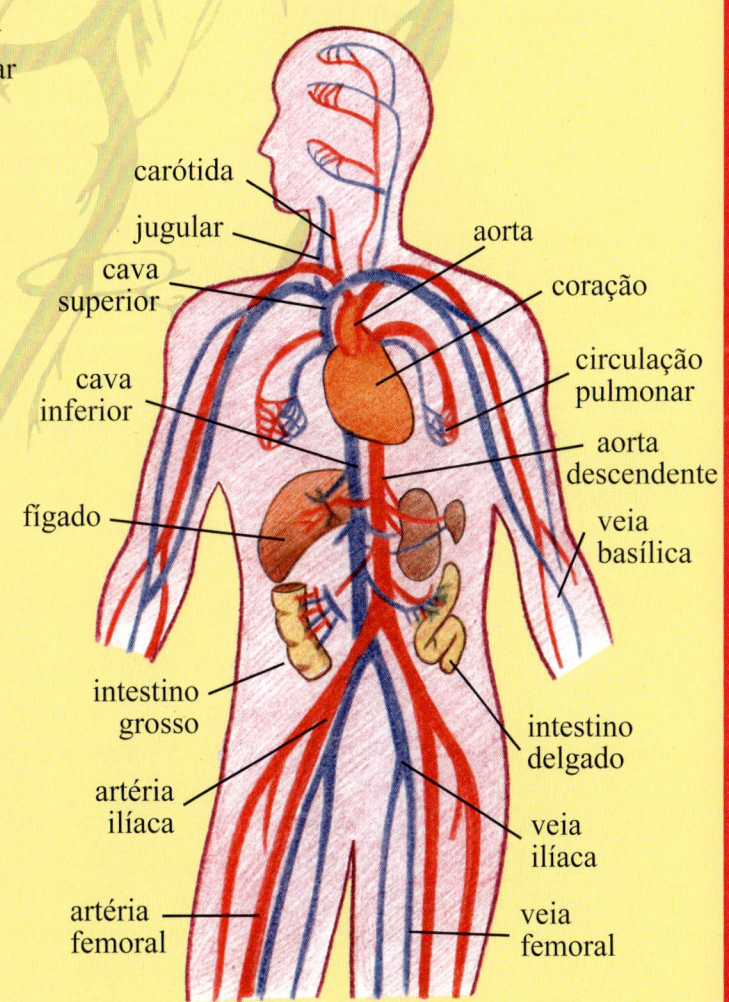

carótida

jugular

cava superior

aorta

coração

circulação pulmonar

cava inferior

aorta descendente

fígado

veia basílica

intestino grosso

intestino delgado

artéria ilíaca

veia ilíaca

artéria femoral

veia femoral

O sangue arterial leva o oxigênio aos órgãos e tecidos e deles recebe gás carbônico e outros produtos metabolizados pelas células. Esse sangue torna-se venoso e segue através de capilares e vasos venosos para o átrio direito, onde chega pelas veias cavas superior e inferior.

O Coração

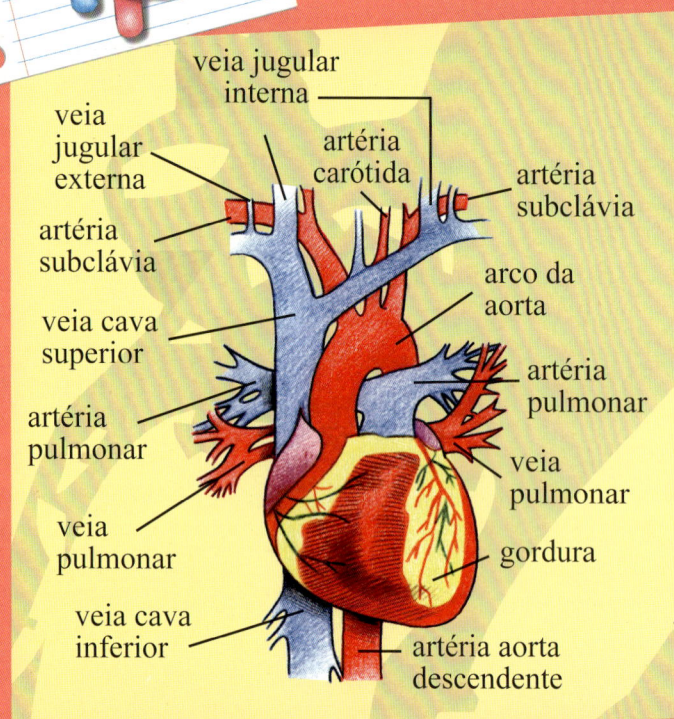

veia jugular interna
veia jugular externa
artéria carótida
artéria subclávia
artéria subclávia
arco da aorta
veia cava superior
artéria pulmonar
artéria pulmonar
veia pulmonar
veia pulmonar
gordura
veia cava inferior
artéria aorta descendente

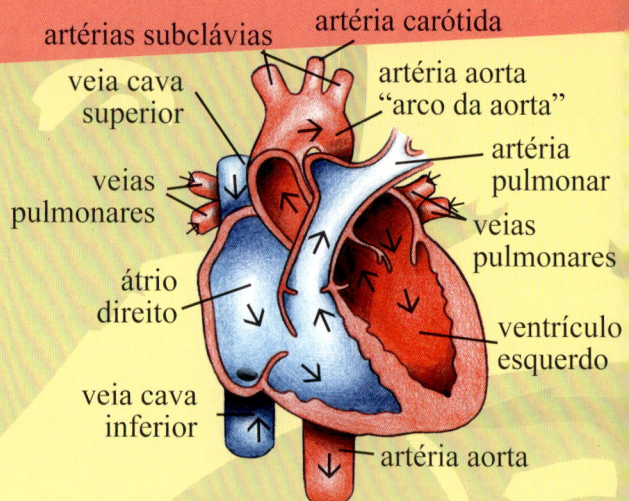

artérias subclávias
artéria carótida
veia cava superior
artéria aorta "arco da aorta"
veias pulmonares
artéria pulmonar
veias pulmonares
átrio direito
ventrículo esquerdo
veia cava inferior
artéria aorta

O sangue arterial é conduzido pelas artérias e o venoso, pelas veias. Entretanto, as exceções são a artéria pulmonar e seus ramos, que levam sangue venoso do coração aos pulmões, e as veias pulmonares, que levam sangue arterial dos pulmões ao coração.

Sistema Excretor

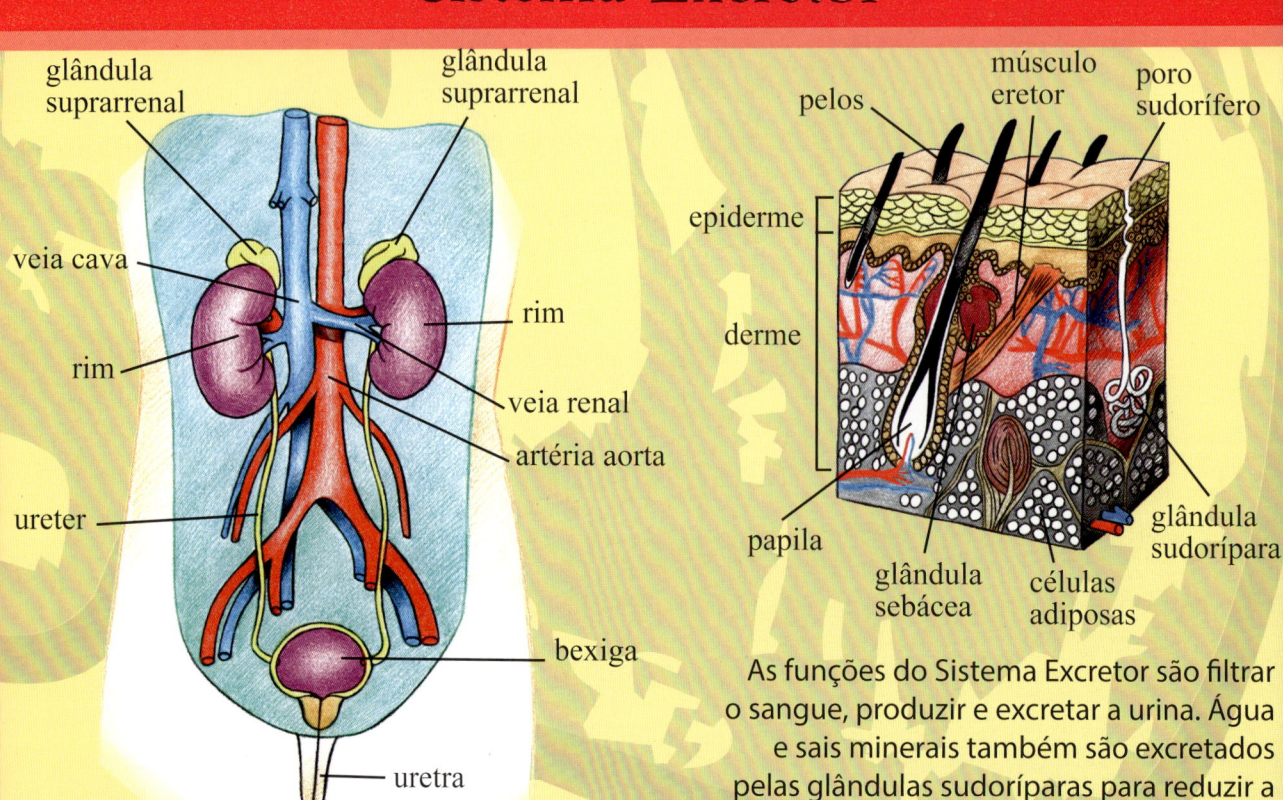

glândula suprarrenal
glândula suprarrenal
veia cava
rim
rim
veia renal
artéria aorta
ureter
bexiga
uretra

pelos
músculo eretor
poro sudorífero
epiderme
derme
papila
glândula sebácea
células adiposas
glândula sudorípara

As funções do Sistema Excretor são filtrar o sangue, produzir e excretar a urina. Água e sais minerais também são excretados pelas glândulas sudoríparas para reduzir a temperatura do corpo nas atividades físicas.

Sistema Esquelético

O Sistema Esquelético é basicamente formado por ossos e cartilagens. A sua função é proporcionar a sustentação e locomoção do corpo nas articulações que, juntamente com o Sistema Nervoso e Muscular, dá estabilidade e equilíbrio aos movimentos. Outra função dos ossos é proteger órgãos essenciais como o cérebro, os pulmões, o coração, a pélvis, bem como o tronco principal do Sistema Nervoso.

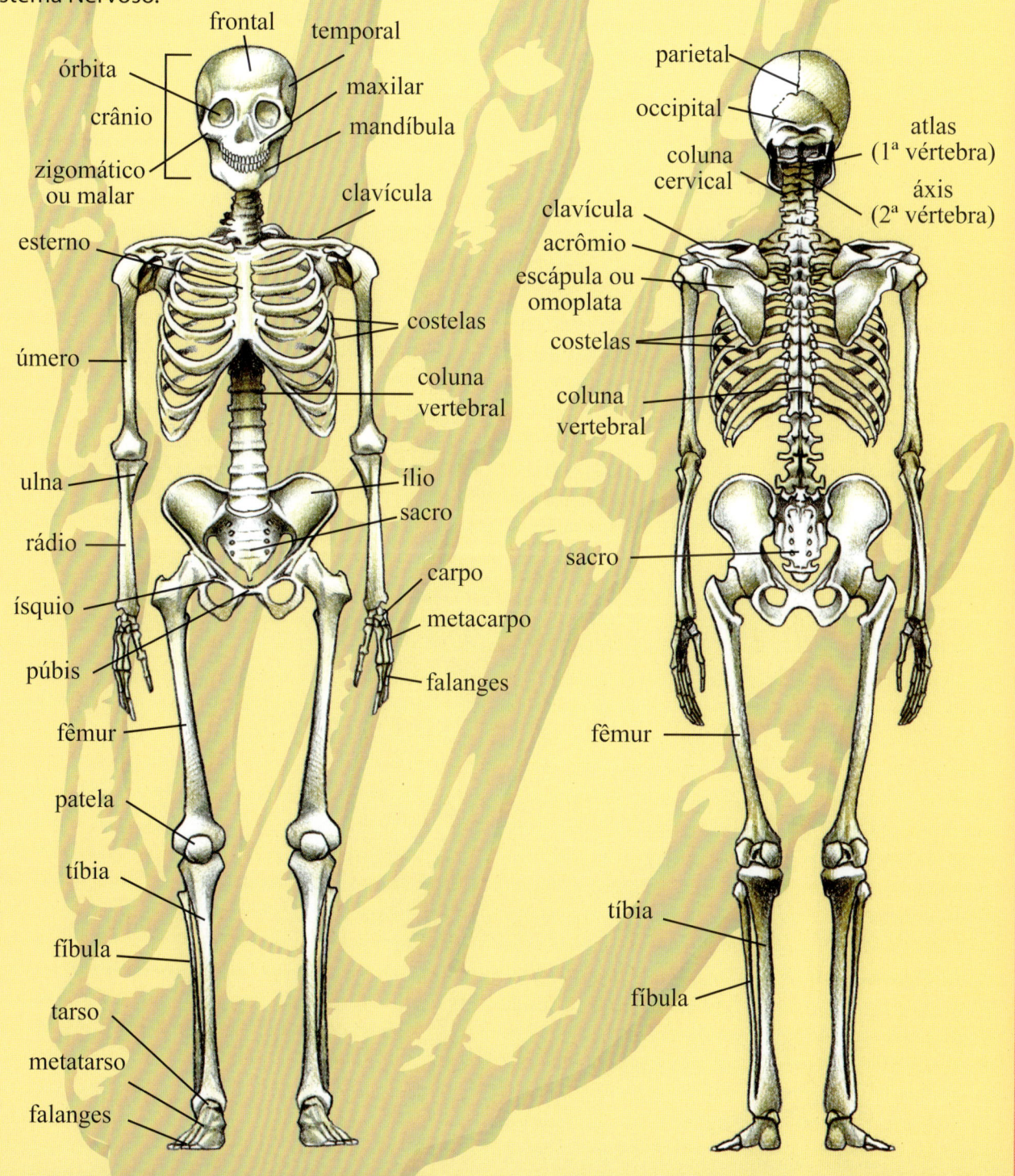

frontal
temporal
órbita
crânio
maxilar
mandíbula
zigomático ou malar
clavícula
esterno
costelas
úmero
coluna vertebral
ulna
ílio
rádio
sacro
ísquio
carpo
púbis
metacarpo
falanges
fêmur
patela
tíbia
fíbula
tarso
metatarso
falanges

parietal
occipital
coluna cervical
atlas (1ª vértebra)
áxis (2ª vértebra)
clavícula
acrômio
escápula ou omoplata
costelas
coluna vertebral
sacro
fêmur
tíbia
fíbula

Sistema Esquelético

O osso é formado por tecido rígido, composto de células incluídas em material conjuntivo duro. Essas células são constituídas, principalmente, de colágeno e fosfato de cálcio. A cartilagem é um tecido resistente, elástico, composto de células e fibras e participa de modo importante do crescimento do corpo. A cartilagem nos adultos apresenta-se em três tipos: hialina, fibrosa e elástica. O esqueleto axial divide-se em cabeça, pescoço e tronco, sendo que o restante são os membros (braços e pernas).

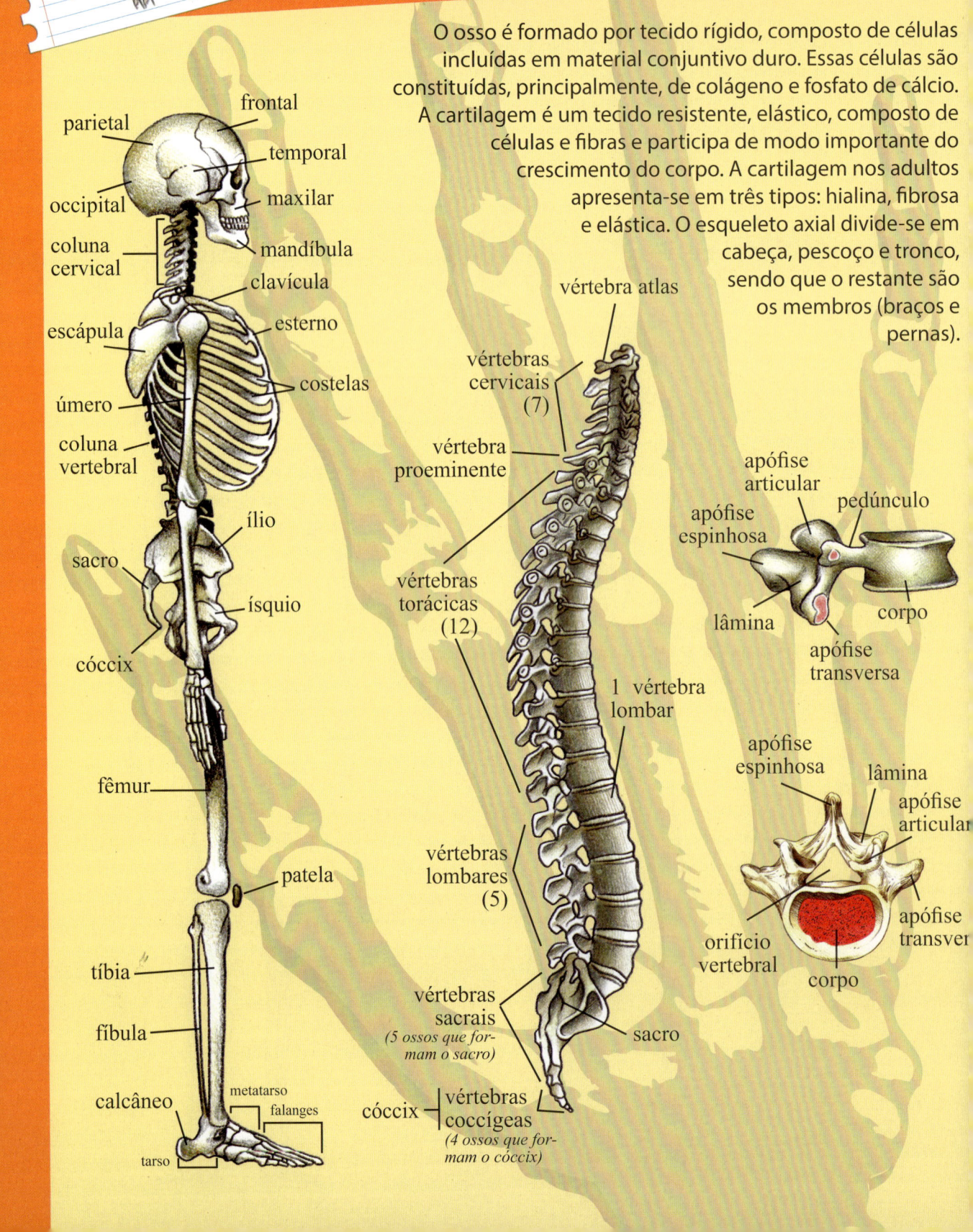

parietal
frontal
temporal
occipital
maxilar
mandíbula
coluna cervical
clavícula
escápula
esterno
costelas
úmero
coluna vertebral
ílio
sacro
ísquio
cóccix
fêmur
patela
tíbia
fíbula
calcâneo
metatarso
falanges
tarso

vértebra atlas
vértebras cervicais (7)
vértebra proeminente
vértebras torácicas (12)
1 vértebra lombar
vértebras lombares (5)
vértebras sacrais
(5 ossos que formam o sacro)
cóccix
vértebras coccígeas
(4 ossos que formam o cóccix)
sacro

apófise articular
apófise espinhosa
pedúnculo
lâmina
corpo
apófise transversa

apófise espinhosa
lâmina
apófise articular
apófise transver
orifício vertebral
corpo

Crânio

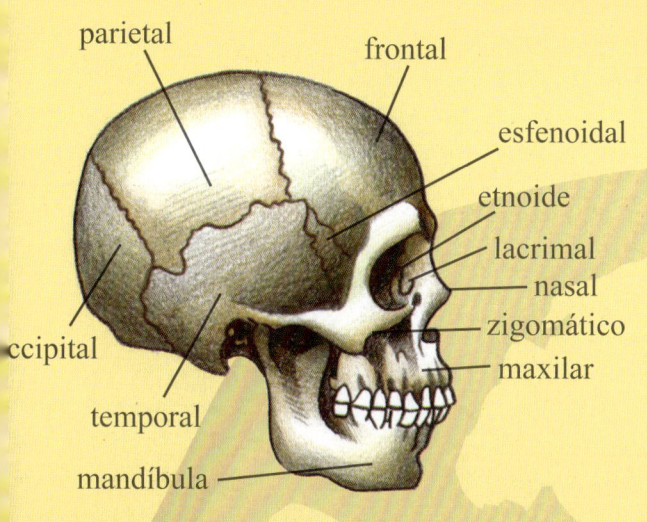

parietal
frontal
esfenoidal
etnoide
lacrimal
nasal
zigomático
maxilar
occipital
temporal
mandíbula

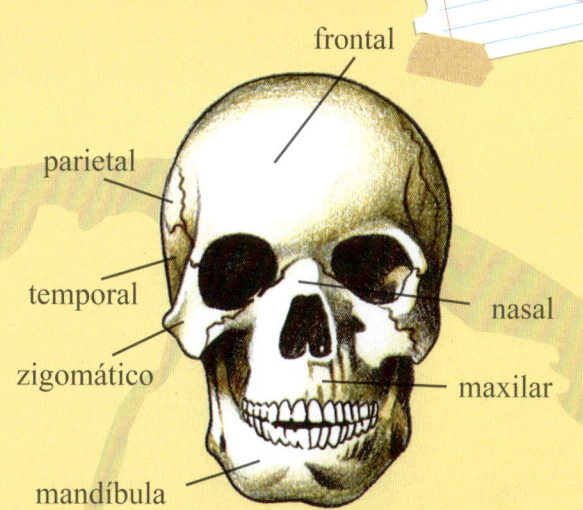

frontal
parietal
temporal
zigomático
nasal
maxilar
mandíbula

O crânio é composto por 22 ossos e o único que permite articulação é o da mandíbula.

Os ossos dos vertebrados desempenham funções diversas, como dar apoio estrutural às ações musculares, proteger órgãos de extrema importância (como o cérebro, a medula espinhal), e agir como reservatório de cálcio e de fosfato.

Mão e membros inferiores

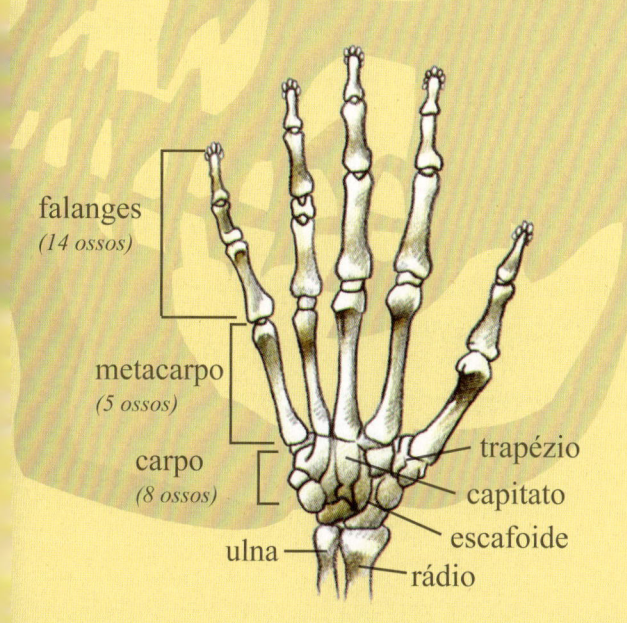

falanges
(14 ossos)
metacarpo
(5 ossos)
carpo
(8 ossos)
trapézio
capitato
escafoide
ulna
rádio

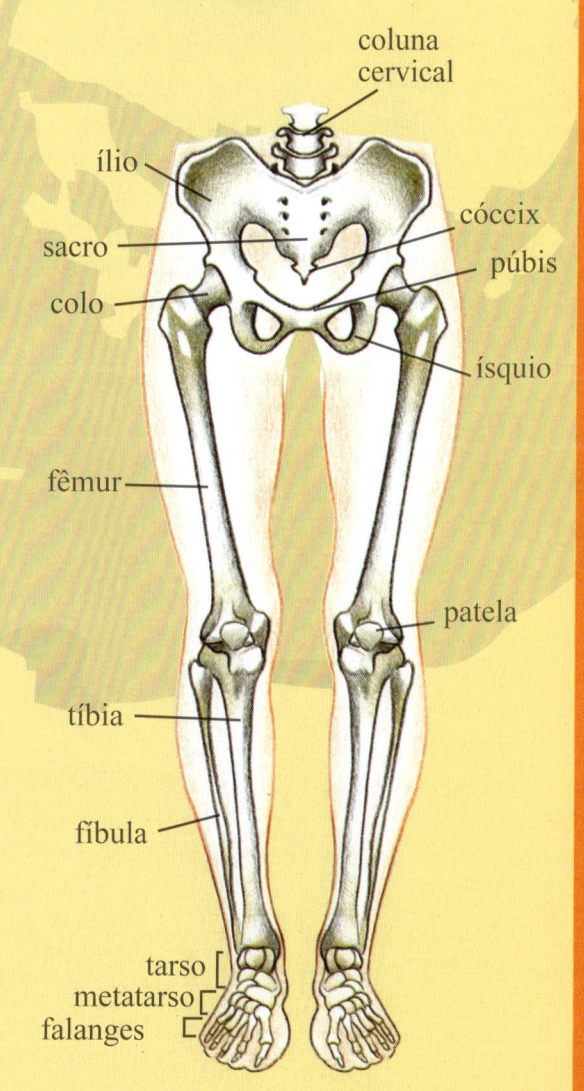

coluna cervical
ílio
sacro
colo
cóccix
púbis
ísquio
fêmur
patela
tíbia
fíbula
tarso
metatarso
falanges

Sistema Muscular

A função dos músculos é realizar os movimentos do corpo. Um músculo se caracteriza pelo seu poder de contração e relaxamento, propiciando, dessa forma, a atividade corporal. Esse movimento é realizado graças à energia enviada pelo Sistema Nervoso. Os músculos se fixam pelo tendão, ligamento e aponeurose.

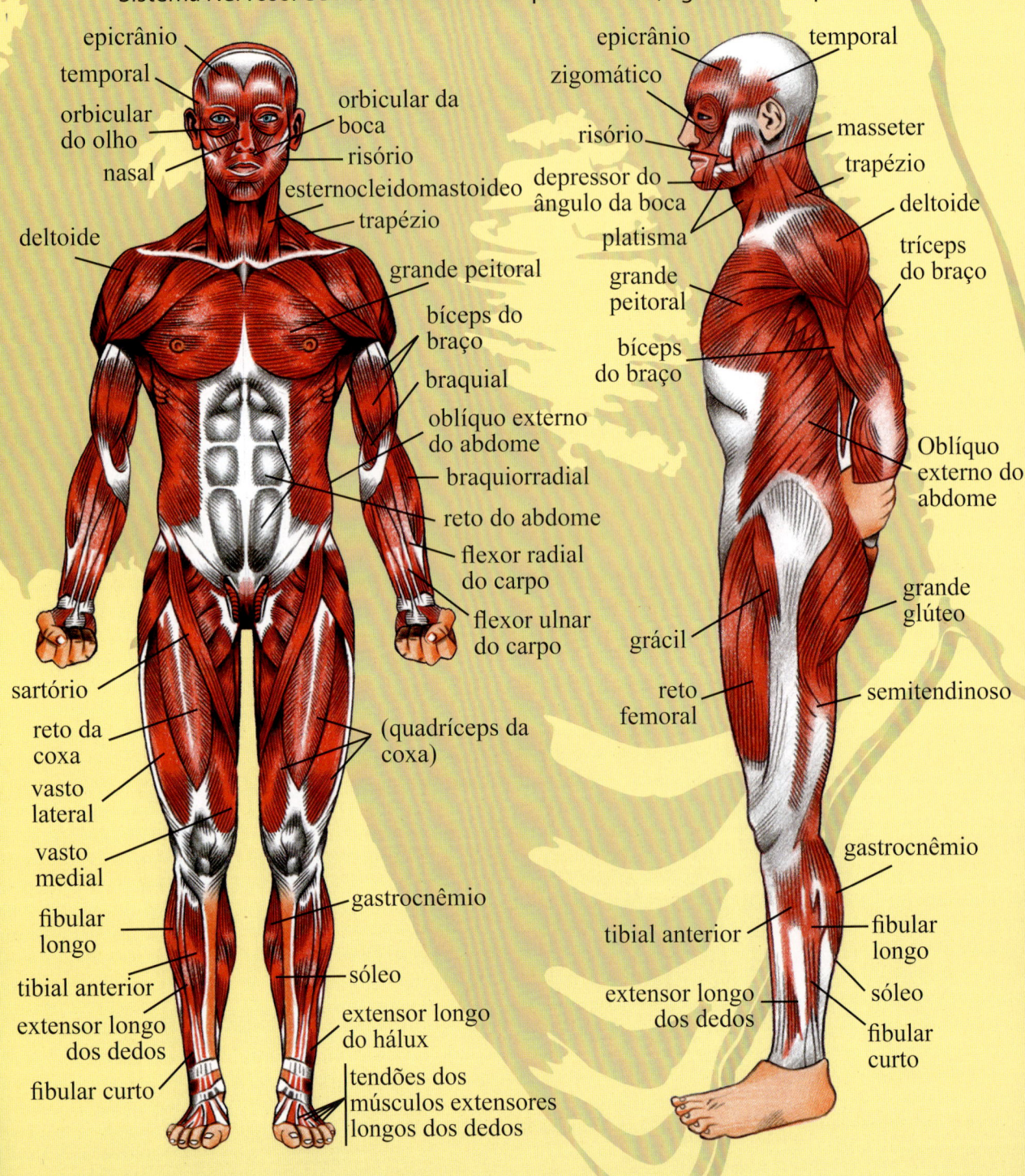

Há dois tipos de músculos: 1) os estriados, que se subdividem em esqueléticos (de ação voluntária) e cardíaco (de ação involuntária); 2) os lisos, de ação involuntária, que dão movimentação a diversos órgãos (intestinos, estômago, bexiga, vasos sanguíneos).

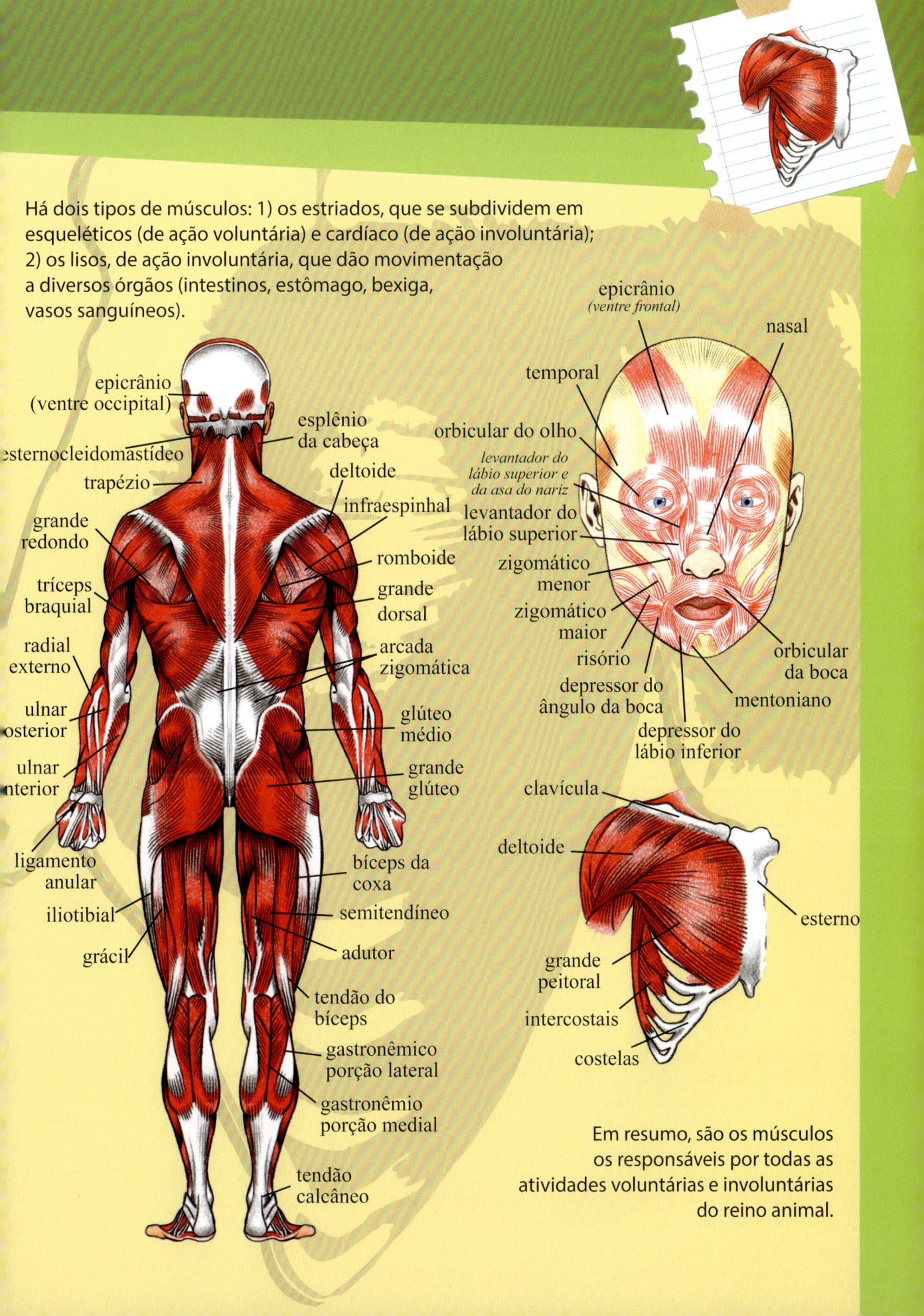

epicrânio
(ventre occipital)

esternocleidomastídeo

trapézio

grande
redondo

tríceps
braquial

radial
externo

ulnar
posterior

ulnar
anterior

ligamento
anular

iliotibial

grácil

esplênio
da cabeça

deltoide

infraespinhal

romboide

grande
dorsal

arcada
zigomática

glúteo
médio

grande
glúteo

bíceps da
coxa

semitendíneo

adutor

tendão do
bíceps

gastronêmico
porção lateral

gastronêmio
porção medial

tendão
calcâneo

epicrânio
(ventre frontal)

nasal

temporal

orbicular do olho

levantador do
lábio superior e
da asa do nariz

levantador do
lábio superior

zigomático
menor

zigomático
maior

risório

depressor do
ângulo da boca

orbicular
da boca

mentoniano

depressor do
lábio inferior

clavícula

deltoide

grande
peitoral

intercostais

costelas

esterno

Em resumo, são os músculos os responsáveis por todas as atividades voluntárias e involuntárias do reino animal.

Capacidade de preensão e movimento

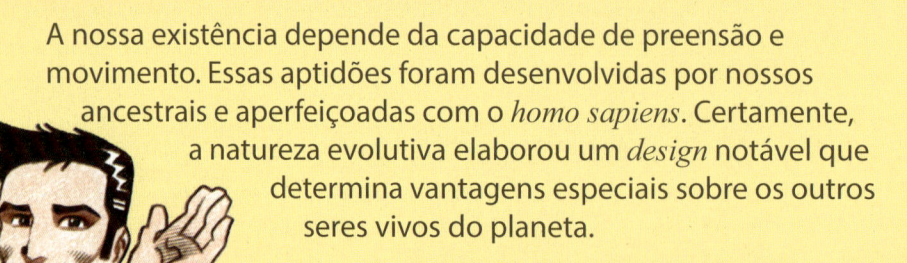

A nossa existência depende da capacidade de preensão e movimento. Essas aptidões foram desenvolvidas por nossos ancestrais e aperfeiçoadas com o *homo sapiens*. Certamente, a natureza evolutiva elaborou um *design* notável que determina vantagens especiais sobre os outros seres vivos do planeta.

O bipedalismo

Uma das características que distingue o humano dentre os primatas é a maneira de se locomover, ereto sobre dois pés (bipedalismo). Achados fósseis vêm provando que antecessores ao gênero homo já estavam adaptados à postura ereta há muito mais tempo do que se pensava, remontando a 4 ou 5 milhões de anos.

As mãos

Sendo o *homo sapiens* bípede, suas mãos ficam livres. Isso representa uma grande vantagem durante o ataque de um predador. Assim, é possível salvar a prole e carregar alimentos com muita desenvoltura. Não fosse o ser humano capaz de apreender objetos e manipulá-los com destreza e habilidade, certamente nossa evolução cultural e intelectual estaria comprometida. A utilização de ferramentas para a caça, a construção de abrigos, o domínio do fogo e a fabricação de objetos para locomoção provam que as mãos são capazes de desempenhar infinitos papéis para a vida do ser humano.

Mas o movimento das mãos, contudo, não se trata apenas de agarrar um objeto.
O padrão básico da preensão acontece em quatro fases:

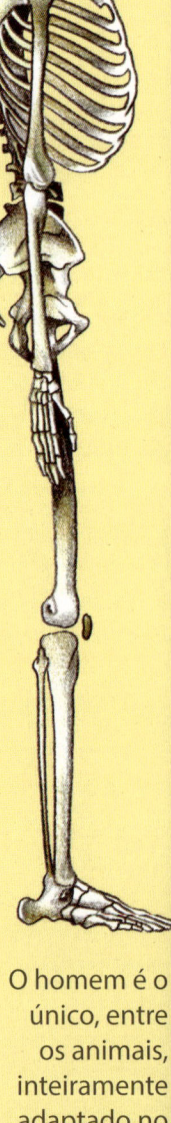

O homem é o único, entre os animais, inteiramente adaptado no andar ereto.

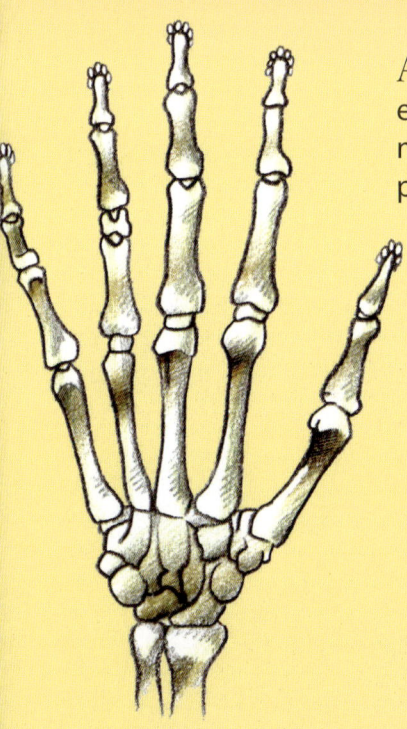

Alcançar o objeto com capacidade de estabilidade, articulação e força muscular nos grupos extensores para manter a posição e realizar o movimento.

Pinça - A preensão consiste na principal função da mão. A Pinça é a habilidade de a mão humana segurar os objetos entre o polegar e o indicador. É essa posição que dá destreza aos humanos.

O homem é o único, entre os animais, inteiramente adaptado para agarrar objetos com o polegar opositor à palma da mão.

A Preensão Global é a mais primitiva, consistindo de a palma da mão servir de plataforma oposta dos dedos dobrados, ou em forma de gancho para suportar objetos pesados, com pouco ou nenhum uso do polegar.

Função Sensitiva – A sensibilidade é que torna eficaz o movimento de preensão. É essa sensibilidade que permite conhecer o objeto pela textura, dizer se está por escapar das mãos ou mesmo se é pontudo, se está quente ou frio em demasia para ser apreendido com segurança.

Sistema Reprodutor
Masculino

O Sistema Reprodutor é constituído pelos órgãos genitais, cuja função é a reprodução da espécie. Os órgãos genitais masculinos constituem-se de dois testículos, pênis e condutos que liberam o esperma através da ejaculação. Os testículos são cada um de dois órgãos ovoides situados na bolsa escrotal, que produzem espermatozoides e testosterona. O caminho que o espermatozoide percorre é o seguinte: primeiro passa pelo ducto deferente e nas vesículas seminais o esperma aguarda para ser liberado; depois, já na próstata, une-se à uretra, de onde é ejaculado pelo pênis.

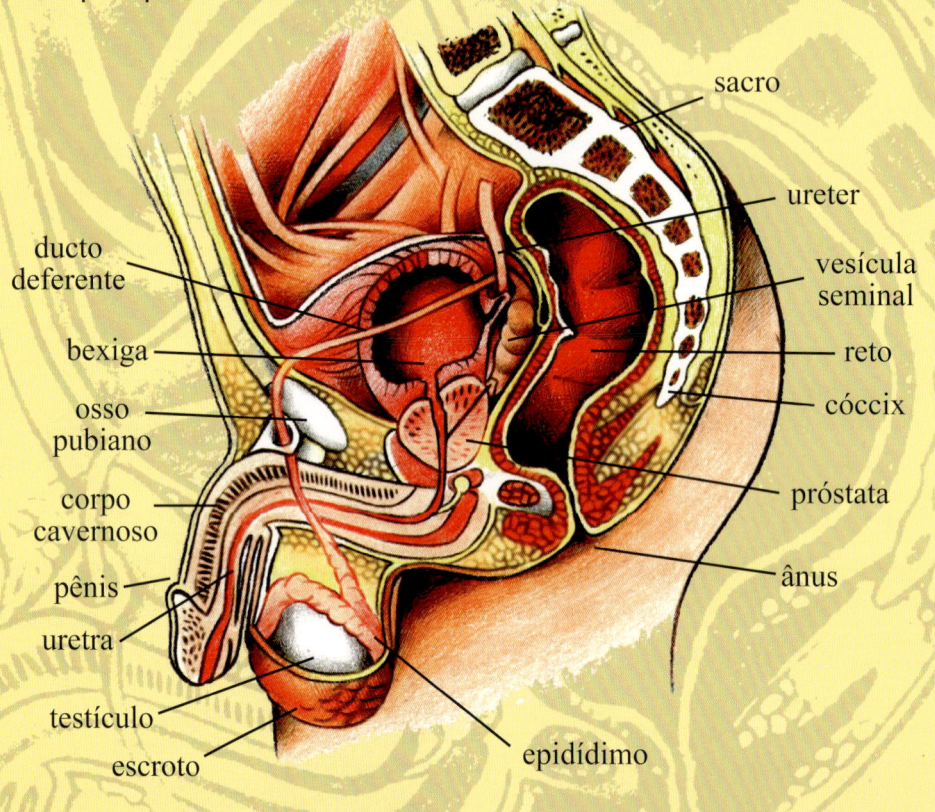

Os espermatozoides são produzidos dentro dos testículos. Eles são liberados quando há a cópula. Para isso, o pênis atinge a ereção (acúmulo de sangue no corpo cavernoso com a finalidade de intumescer o pênis) e, ao entrar na vagina, acontece um complexo mecanismo muscular, liberando (ejaculando) para fora os espermatozoides.

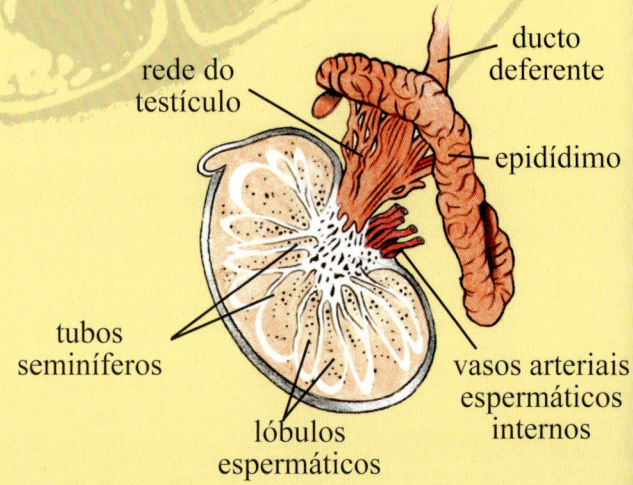

Sistema Reprodutor
Feminino

O Sistema Reprodutor Feminino é mais complexo que o masculino. Compõe-se de ovários, tubas uterinas, útero, vagina, além dos órgãos genitais externos. Os óvulos (responsáveis pela fecundação) são produzidos pelos ovários, após a puberdade da mulher. Ao ser liberado, o óvulo passa pela tuba uterina e se encaminha para o útero, onde se aloja à mucosa uterina. Nesse instante, ou o óvulo é fecundado ou é expelido através da menstruação.

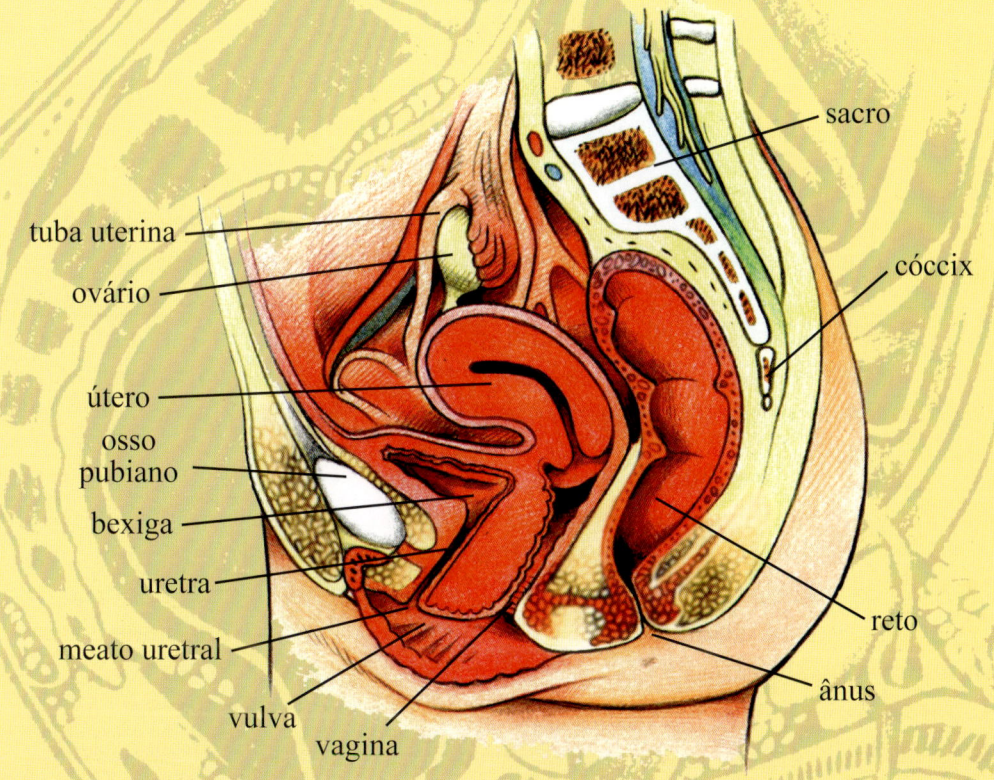

A menstruação é a eliminação periódica da mucosa uterina, acompanhada de hemorragia, quando não houver a fecundação.

Havendo a fecundação, que é quando um espermatozoide penetra no óvulo, dentro do útero, acontece o início do processo de desenvolvimento do feto, cuja gestação dura nove meses. Após esse tempo, nasce um bebê com as características dos pais.

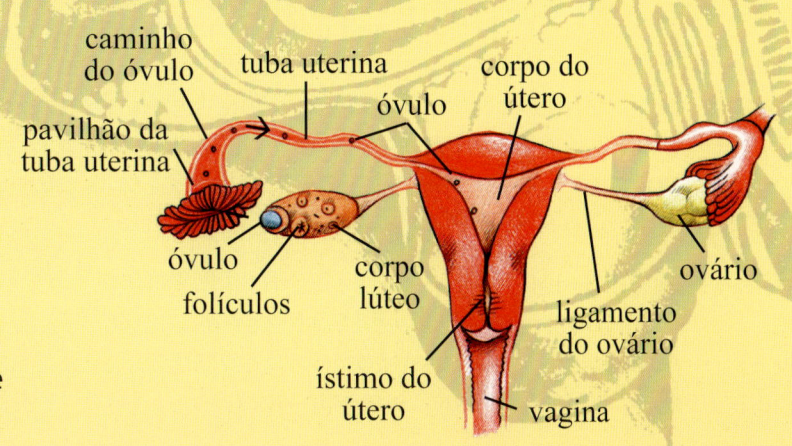

Comportamento Sexual do ser Humano

Entre os primatas, os seres humanos se distinguem pelo tamanho corporal entre macho e fêmea, por serem quase do mesmo tamanho. A diferença no esqueleto, entre homens e mulheres, é muito pouco distinta. As mulheres têm quadris largos e ombros estreitos, por exemplo, mas, em geral, os ossos e as superfícies articulares são menores que os ombros.

Em que a forma física do ser humano influencia no seu comportamento sexual? Na verdade, o ser humano é um componente por inteiro, e sua constituição física e cultural determinam todas as ações em relação ao sexo oposto.

Mas nada se compara, no reino animal, ao comportamento humano em relação à sua sexualidade. Entre os povos do mundo inteiro, as maneiras de se acasalar e procriar se diferenciam de modos variados entre os próprios casais e comunidades. O que indica que, durante milhares de anos, o ser humano foi bastante flexível nas maneiras de agir em relação ao sexo oposto, mudando de acordo com a cultura local e as necessidades para se adaptar e garantir a prole.

Sendo a mulher que gera a prole, caberia a ela a escolha do parceiro com quem teria o filho. Historicamente, porém, a complexa cultura que construímos subverteu esse importante papel da mulher, passando para o homem o direito de tomá-la, ao que chamamos "patriarcalismo". Mas no mundo moderno, especialmente no Ocidente, com as garantias de igualdade de direitos que foram conquistados juntamente com outros direitos, como o direito ao voto, assumir tarefas antes apenas dos homens e cargos em empresas e governo, o direito de escolha da mulher vem se fortalecendo cada dia mais.

Embora estejamos numa sociedade tecnológica e virtual, as escolhas dos parceiros se dão como há milhares de anos. Os principais fatores na escolha são a beleza e o porte físico, que primeiramente chamam atenção, aflorando emoções como a paixão e o amor. Outros fatores também são importantes e podem entrar até como pontos fundamentais, como, por exemplo, o padrão cultural e econômico e o interesse na obtenção de vantagens e poder. Hoje, isto pode até nos surpreender, mas foram estes últimos dois fatores que construíram grande parte das sociedades humanas.

Quanto mais responsável se torna o indivíduo para assumir um compromisso, mais complexa fica a relação. E é essa complexidade que vem caracterizando o mundo moderno. Esse comportamento, todavia, o modo de os seres humanos se relacionarem, é que vem garantindo o sucesso da espécie até os dias de hoje.

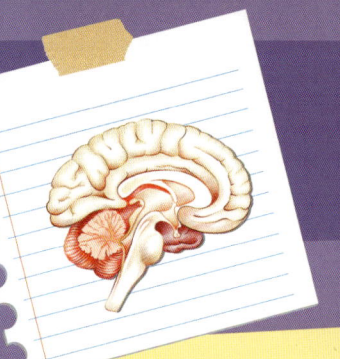

Cérebro

Um Cérebro Evoluído

Qual a máquina mais complexa do universo que conhecemos? Considere por máquina tanto a vida biológica quanto os artefatos mecânicos manufaturados. A dificuldade para responder à pergunta não será tão grande se incluirmos o cérebro.

É o cérebro humano que abarca todo o nosso conhecimento. Nenhuma das atividades sensoriais e biológicas de um indivíduo escapa ao controle do cérebro.

Mas a complexidade do funcionamento do cérebro vai além de comandar as atividades metabólicas e motoras. A evolução conseguiu algo maior. De todos os seres vivos, o ser humano é o único que aprendeu a ter domínio sobre a sua existência.

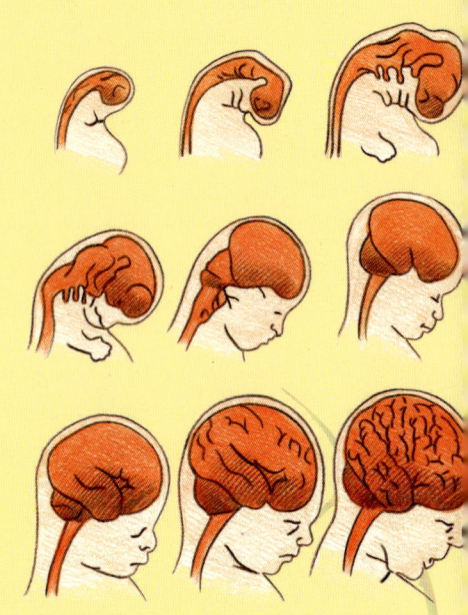

Formação do cérebro humano no interior do útero materno.

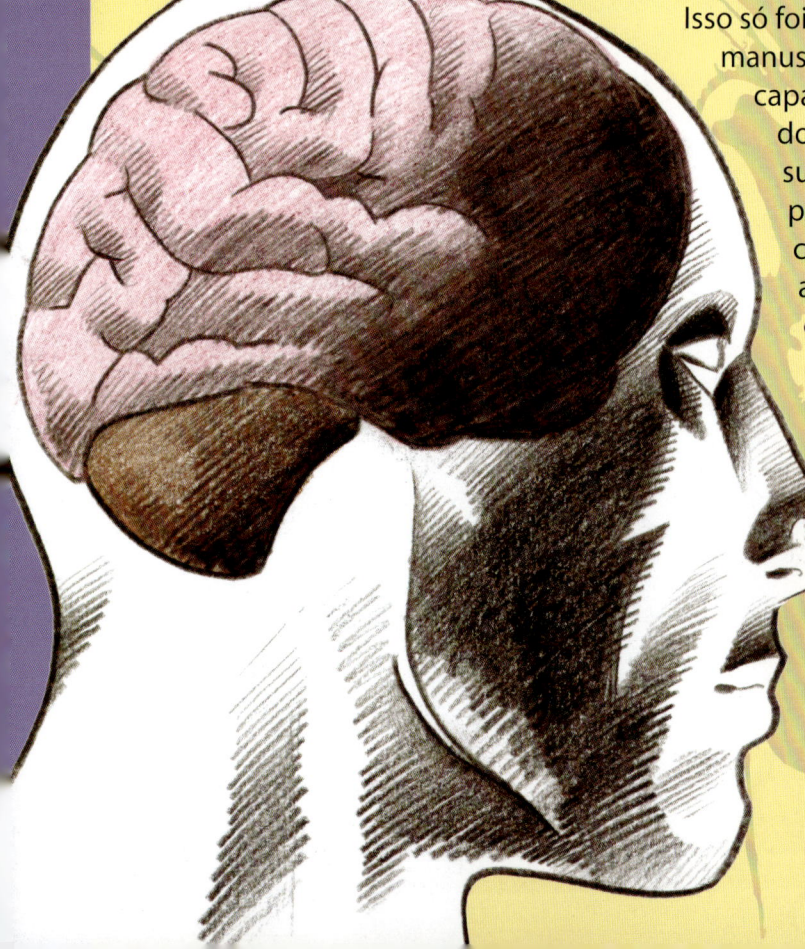

Isso só foi possível ao adquirir aptidões como manusear objetos; ao agir socialmente e ao ser capaz de compreender fenômenos físicos do meio ambiente. Assim, o homem pôde superar o frio ao retirar a pele dos animais para cobrir-se; nas épocas de escassez de caça, ele próprio produziu o seu sustento arando a terra; também criou objetos para o seu lazer e, talvez o mais importante, construiu uma organização social baseada em valores de coexistência e conceitos abstratos.

A capacidade de reter informações e conseguir analisá-las em proveito próprio foi o grande salto da evolução. Com essa capacidade, o ser humano se impôs aos que competiam com ele. Há cerca de 190 mil anos, na África, determinamos essa hegemonia. Desde então, passamos a dominar o globo terrestre e tentamos controlar a natureza para que ela nos sirva exclusivamente.

O nosso cérebro foi construído pela evolução durante milhões de anos e agora desvenda os segredos do universo. Esse cérebro que saiu vencedor de tantas armadilhas da natureza, escapando inúmeras vezes da extinção e superando as espécies que nos antecederam, enfrentou desafios adaptando-se constantemente e criativamente às mais terríveis intempéries e catástrofes colocadas pela natureza.

Entretanto, podemos ainda estar no limiar da evolução, pois o tempo que nos separa dos primeiros *homo sapiens*, 190 mil anos, é um tempo muito curto. Ainda temos todo um universo para desvendar: novos conceitos, novas formas de pensar e de agir. Caberá ao cérebro humano a tarefa de absorver sempre mais novos conhecimentos. Somente ele poderá fazer novas perguntas e, desconsiderando uma improvável visita de seres extraterrestres, ele estará sozinho para respondê-las.

Cérebro: (posição lateral) lobos e áreas dos sentidos

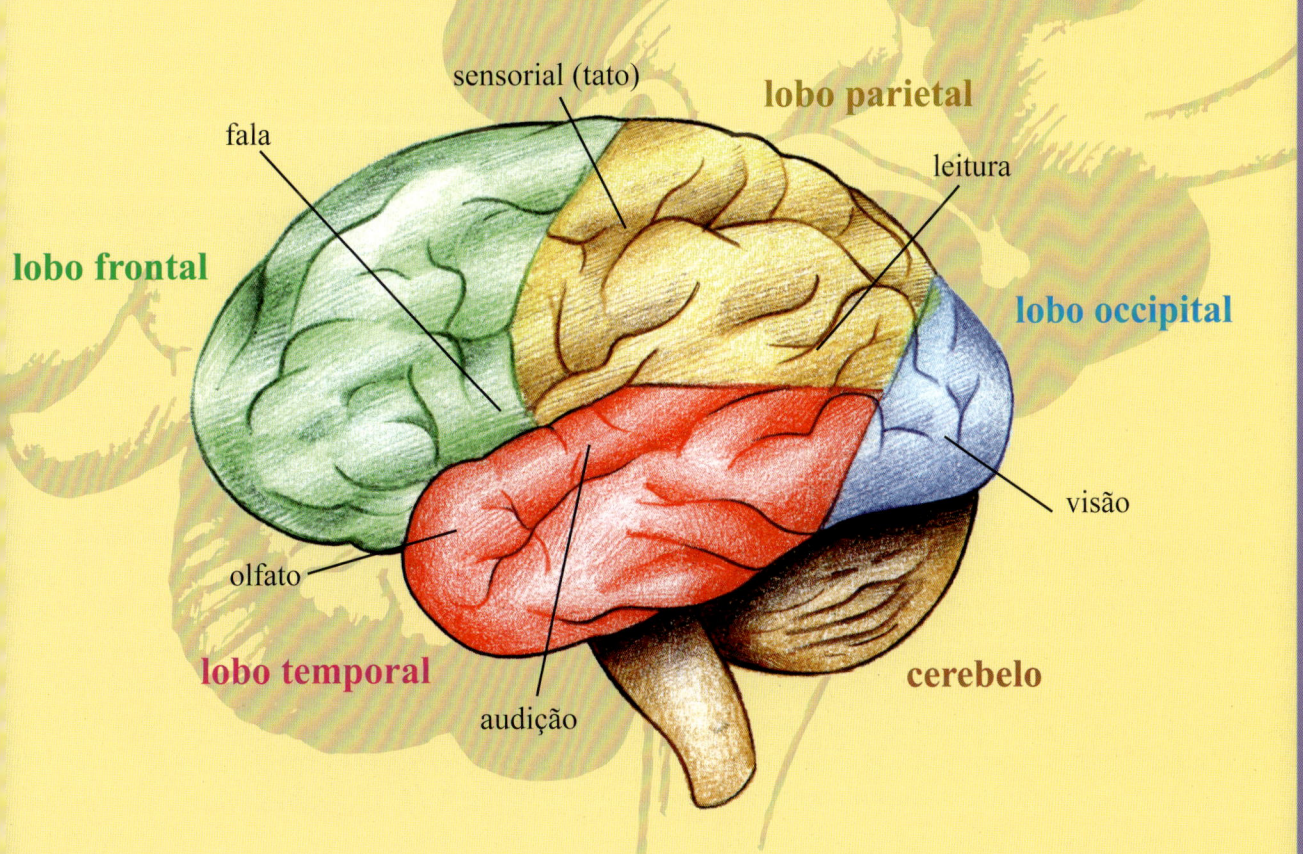

sensorial (tato)

lobo parietal

fala

leitura

lobo frontal

lobo occipital

visão

olfato

lobo temporal

cerebelo

audição

Cérebro

Cérebro: corte transversal

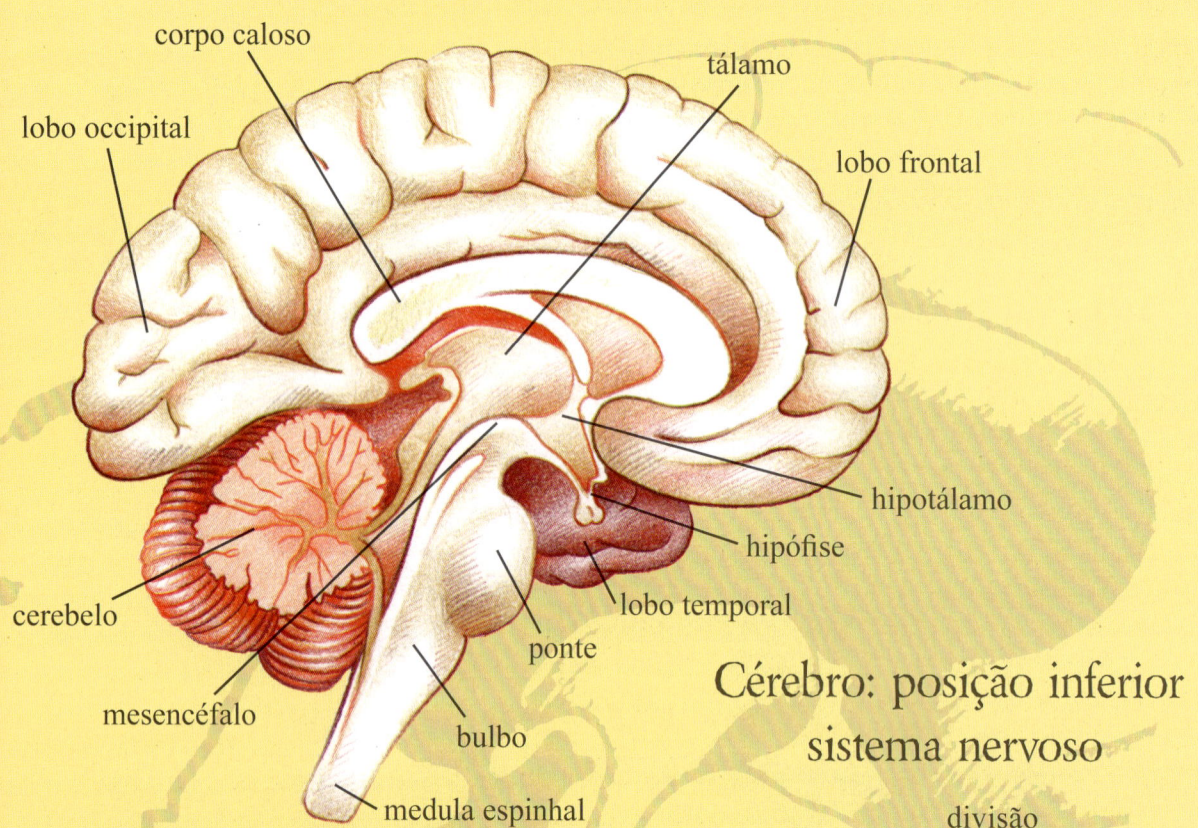

corpo caloso

tálamo

lobo occipital

lobo frontal

hipotálamo

hipófise

cerebelo

lobo temporal

mesencéfalo

ponte

medula espinhal

bulbo

Cérebro: posição inferior sistema nervoso

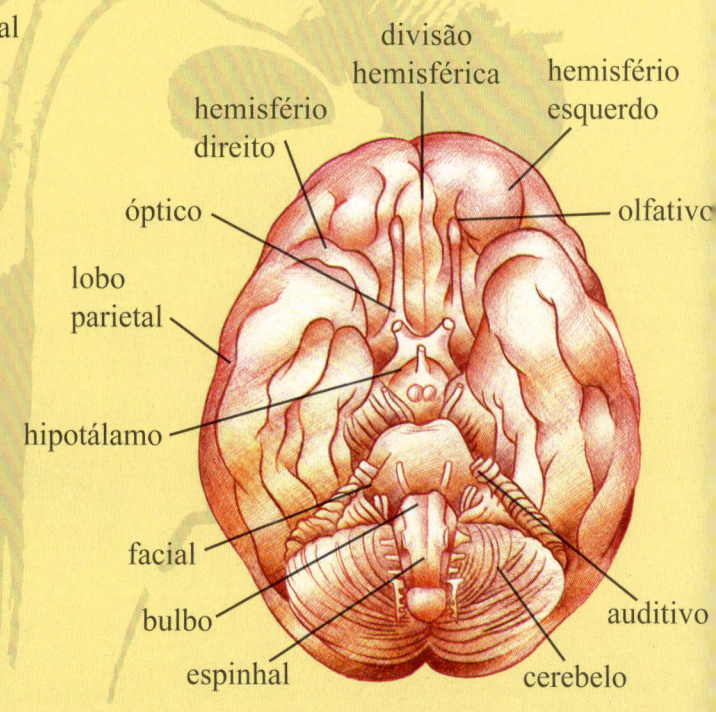

divisão hemisférica

hemisfério direito

hemisfério esquerdo

óptico

olfativo

lobo parietal

hipotálamo

facial

bulbo

espinhal

auditivo

cerebelo

O cérebro é uma imensa rede interligada de neurônios. São os neurônios que guardam informações, analisam e decidem o que fazer. Nervos e tendões recebem ordens diretamente do cérebro e fazem os movimentos do corpo com a ajuda dos músculos. Mas a capacidade cerebral de realizar suas funções de comando está ligada ao seu pleno funcionamento. O cérebro, portanto, precisa se alimentar, e o seu alimento principal é o oxigênio, além de outros elementos enviados através do sangue. A capacidade do cérebro de realizar suas funções está diretamente ligada ao seu suprimento de energia.

Sistema Nervoso

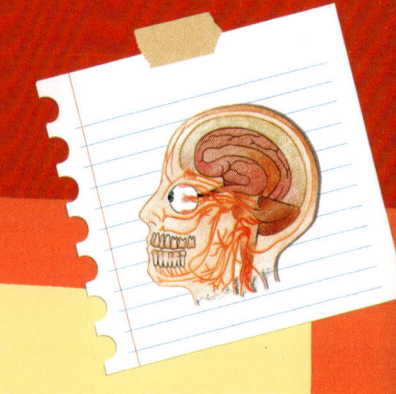

É o Sistema Nervoso que percebe, transmite e executa respostas adequadas aos estímulos. É esse sistema que coordena e integra as funções das células, dos tecidos, dos órgãos e dos aparelhos, de modo que se obtém um todo que funcione como uma unidade.

O Sistema Nervoso é o mais complexo de todos os sistemas: é com ele que buscamos informações, geramos respostas, recordamos e aprendemos tudo sobre o meio em que vivemos.

Os Sentidos: são os cinco sentidos que transmitem ao cérebro as sensações do mundo que nos rodeia. Através dessas sensações é que podemos ver, ouvir, sentir o cheiro, o paladar e se as coisas são quentes, frias, ásperas ou lisas.

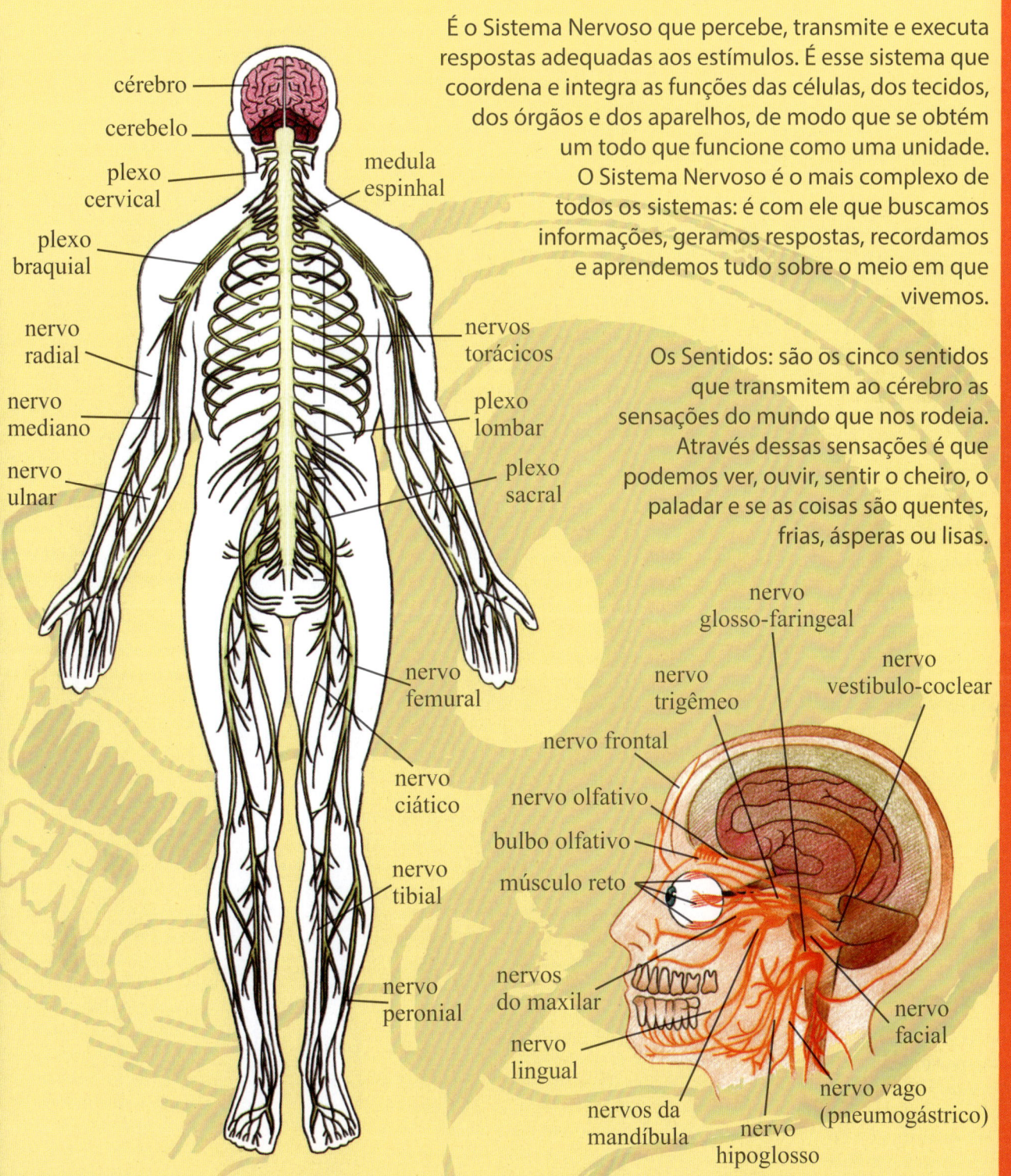

cérebro · cerebelo · plexo cervical · plexo braquial · nervo radial · nervo mediano · nervo ulnar · medula espinhal · nervos torácicos · plexo lombar · plexo sacral · nervo femural · nervo ciático · nervo tibial · nervo peronial

nervo glosso-faringeal · nervo trigêmeo · nervo vestibulo-coclear · nervo frontal · nervo olfativo · bulbo olfativo · músculo reto · nervos do maxilar · nervo lingual · nervo facial · nervos da mandíbula · nervo hipoglosso · nervo vago (pneumogástrico)

Sistema Endócrino

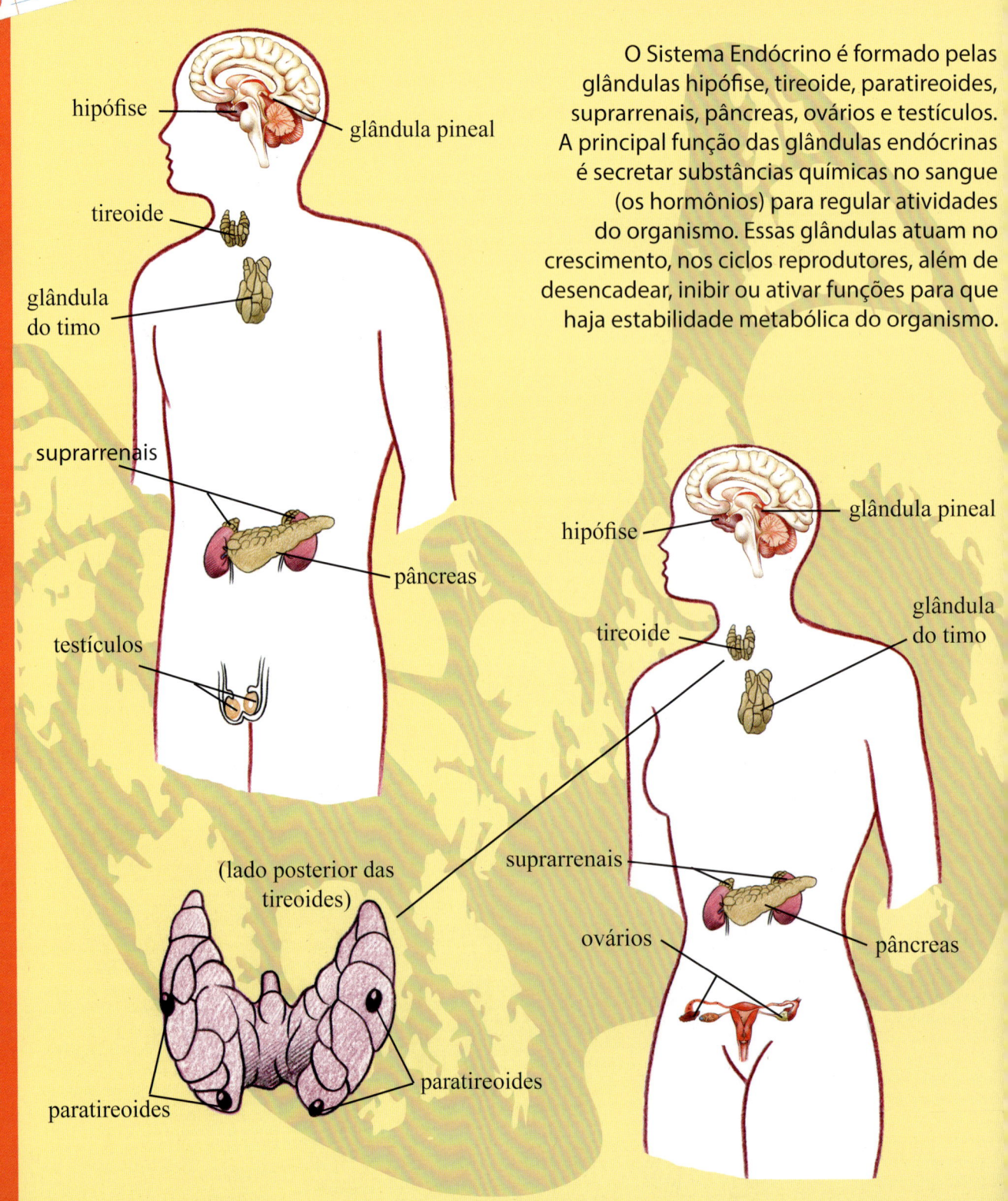

O Sistema Endócrino é formado pelas glândulas hipófise, tireoide, paratireoides, suprarrenais, pâncreas, ovários e testículos. A principal função das glândulas endócrinas é secretar substâncias químicas no sangue (os hormônios) para regular atividades do organismo. Essas glândulas atuam no crescimento, nos ciclos reprodutores, além de desencadear, inibir ou ativar funções para que haja estabilidade metabólica do organismo.

hipófise

glândula pineal

tireoide

glândula do timo

suprarrenais

pâncreas

testículos

hipófise

glândula pineal

tireoide

glândula do timo

suprarrenais

ovários

pâncreas

(lado posterior das tireoides)

paratireoides

paratireoides